D1665342

LESEEXEMPLAR

Sperrfrist für Rezensionen

1. März 1998

I 10.07.2016

(Mit Barbara im Freibad Plötzensee)

NANCY PEACOCK

Willkommen in Two Moons

Roman

Mit Vignetten
von Moni Port

Aus dem Amerikanischen
von Xenia Osthelder

Rotbuch Verlag

Die Deutsche Bibliothek – CIP-Einheitsaufnahme

Peacock, Nancy:
Willkommen in Two Moons. Roman / Nancy
Peacock. [Übers. aus dem Amerikanischen von Xenia
Osthelder]. - Hamburg : Rotbuch Verlag, 1998
Einheitssacht.: Life Without Water <dt.>
ISBN 3-88022-652-0

Umschlaggestaltung: Groothuis+Malsy, Bremen
unter Verwendung eines Bildes von Moni Port, Wiesbaden
Originaltitel: Life Without Water
Zuerst erschienen: Longstreet Press, Atlanta, Georgia
Herstellung: Das Herstellungsbüro, Hamburg
Druck und Bindung: Clausen & Bosse, Leck
Printed in Germany
ISBN 3-88022-652-0

Zur Erinnerung an Carrie Reed

Mein Dank für Hilfe und Unterstützung
geht an Lee Smith, Janet Hurley,
Marjorie Hudson, Tony Peacock, Patricia
Meickelberry und Amanda Monath

Erstes Kapitel

Mein Vater Sol

Mein Name ist Cedar. Geboren bin ich 1969, in einem grauen baufälligen Haus in Chatham County, North Carolina. Meine Mutter heißt Sara. Mein Vater nannte sich Sol. Meine Mutter erzählte mir unzählige Male, wie sie ihn kennenlernte, wie ich geboren wurde und warum sie sich überhaupt mit diesem Mann namens Sol einließ. Wäre ihr Bruder Jimmie nicht gestorben, hätte ich vielleicht nie das Licht der Welt erblickt; wäre Jimmie am Leben geblieben, hätte sie meinen Vater vielleicht nicht so faszinierend gefunden. Ihrer Meinung nach entschied sich ihr Schicksal im Frühjahr 1968 – lange bevor ich gezeugt wurde und sie meinen Vater kennengelernt hatte. Sie verbrachte die Ferien bei ihren Eltern in Atlanta, Georgia, da läutete es eines Tages an der Tür.

Sie öffnete die große weiße Haustür ihres Elternhauses und sah sich einem schneidigen Soldaten gegenüber. Es war kurz vor Mittag. Sie war soeben aufgestanden. Hinter dem Haus brummte der Rasenmäher ihres Vaters, aus der Küche ertönte der Singsang ihrer Mutter: »Wer ist es, Liebes?«

Meine Mutter wußte sofort, wer vor ihr stand. Ohne daß der Mann auch nur ein einziges Wort verlor, wußte sie, daß Jimmie sechs Wochen, bevor er seine Zeit abgedient hatte, gefallen war: umgekommen im Schlamm des vietnamesischen Dschungels. Und sie wußte, daß seine Knöpfe und Schuhe nie so blank gewesen waren wie die des Mannes, der vor ihr stand.

Nun gab es nur noch meine Mutter Sara und ihre Eltern.

Mein Onkel war unterwegs auf Patrouille. Er trat auf eine Mine und wurde in Fetzen gerissen. So lauteten die genauen Worte meiner Mutter. Und jedesmal schüttelte sie den Kopf und wiederholte: »In Fetzen.« Ein Körper war nicht vorhanden. Der Sarg aus dunkelglänzendem Holz war leer. Während der Beerdigung blendete die Sonne, die sich im Hochglanzlack spiegelte, meine Mutter.

Mama hat mir von den kalten Metallstühlen erzählt, auf denen sie saßen, und von der zum prallen Dreieck gefalteten Fahne, die ihrer Mutter überreicht wurde, und daß die frisch ausgehobene Erde nach April duftete. »Wie ein Garten«, sagte Mama immer, wenn ihre Erzählung diesen Punkt erreichte. »Es roch nach Frühling.« Dann blickt sie zu Boden und beschreibt, wie ein Rotkehlhüttensänger auf dem frischen Erdhügel landete und zwitschernd sein Köpfchen hob. Da brach meine Großmutter, die neben meiner Mutter saß, in Tränen aus und drückte ihr Gesicht in die Fahne.

Mein Onkel Jimmie starb sechs Wochen, bevor seine Zeit um war. Nur sechs Wochen später wäre er daheim gewesen und hätte seine Füße auf den Couchtisch gelegt. Hätte vielleicht meine Mutter im College besucht, einen Joint mit ihr geraucht und ihr von dem Dope in Vietnam erzählt. Vielleicht hätte er den Krieg verteidigt. Vielleicht aber auch nicht. Und was mich anlangt, so hätte ich womöglich nie das Licht der Welt erblickt.

Mein Onkel hatte meiner Mutter ein Halsband geschickt. Er hatte ein Loch in eine Gewehrkugel gebohrt und ein Lederband hindurchgezogen. Meine Mutter wollte es ihm zurücksenden.

»Ich kann keine Kugel tragen«, hatte sie ihm geschrieben. »Das käme einem Verrat an allen meinen Überzeugungen gleich.«

Der dicke Brief mit der unwillkommenen Kugel stand noch auf Mamas Schminkkommode in Chapel Hill.

Eine Woche nach der »Beerdigung« ihres Bruders kehrte meine Mutter zur Universität zurück. Sie öffnete die Tür zu ihrer feuchten Souterrainwohnung, in die man – wie sie zu sagen pflegte – wie in einen Schwamm trat. Der schale Modergeruch legte sich um sie und drohte sie zu ersticken. Die Tür weit offenlassend, entledigte sie sich ihrer Taschen, ging schnurstracks zur Kommode, öffnete den Brief, nahm das Halsband mit der Gewehrkugel heraus und knotete es sich um den Hals. Abends nahm sie es immer ab, legte es irgendwo in die Nähe des Bettes, in dem sie gerade schlief, und jeden Morgen band sie die Kugel erneut um. Ich erinnere mich deutlich an ihre Bewegungen dabei, wie ich sie auch noch beim Haarebürsten vor mir sehe.

Gleich nachdem sie das Lederhalsband umgelegt hatte, habe sie die Wohnung saubergemacht, mit einem Spültuch den ganzen Tag lang den pelzigen Grauschimmel von Plattenalben und Schranktüren gewischt. Abends habe sie die Wäsche gewaschen, bis sie schließlich vor lauter Erschöpfung eingeschlafen sei. Abschließend sagt sie dann: »Jimmie hatte mir vor seinem Tod einen Brief geschrieben. Er kam drei Wochen nach der Beerdigung an. Ich habe ihn nie gelesen.«

Es macht nichts, daß ich das alles bereits weiß. Sie erzählt mir immer wieder dasselbe, als siebte sie die Zutaten ihres Lebens durch; als versuchte sie herauszufinden, was sie hineingetan hatte und warum. Sie weiß inzwischen, daß ich in ihr Zimmer zu schleichen pflegte, um den Brief aus seinem kuscheligen Versteck zwischen den Hemden und warmen langen Unterhosen hervorzukramen. Ich hielt ihn in der Hand, drehte ihn immer wieder, prüfte sein Gewicht und ertastete den Namen meiner Mutter in der harten Kugelschreiberschrift. Manchmal legte ich mich aufs Bett, legte den Brief aufs Kopfkissen und bedeckte ihn mit der Hand. Onkel Jimmie und sein ungeöffneter Brief hatten für uns fast etwas Religiöses.

Nach der Episode von der Kugel und dem Brief fährt meine Mutter immer fort: »Zwei Monate später lernte ich deinen Vater kennen. Er wollte ein Kind, und ich sagte ja. Er war auf Mutterfang.«

Sie lacht. Ihr Lachen an dieser Stelle gehört ebenso zur Geschichte wie der blonde, strähnige Pferdeschwanz meines Vaters, sein limonengrünes Tuch und der Name, den er trug. Ich habe bereits erwähnt, daß er sich Sol nannte. Jeder nannte ihn Sol, ich auch. Sein wahrer Name war Alfred Masey. Meine Mutter lernte ihn auf einer Party kennen.

Eines Tages kamen Mutters Freunde Rick und Daisy am frühen Abend bei ihr vorbei. Rick machte es sich auf der Couch bequem und angelte sich ein Plattenalbum. Er benutzte den Rükken als Trichter, rollte sechs Joints und legte sie als Fächer auf den Couchtisch. Daisy schnappte sich Mama, ging mit ihr ins Schlafzimmer und suchte ein langes indisches Baumwollkleid für sie aus. »Wir gehen auf eine Party«, sagte sie, Mama das Kleid zuwerfend. Es war das Kleid mit den blauen Elefanten, die am Saum entlangmarschieren.

»Ich will auf keine Party«, antwortete meine Mutter. Sie ging nicht mehr zur Uni. Sie ging nirgendwo mehr hin.

»Du kommst mit!« sagte Daisy. Gehorsam zog Mama sich an, setzte sich auf den Rücksitz von Ricks altem Ford Caravan und ließ sich viele Meilen hinaus aufs Land fahren.

Die Straßen schlängelten sich um Bauernhöfe und abgeerntete Felder. Ein Joint kreiste, bis Mama sich an dem Stummel die Finger verbrannte. Da steckte Rick ihn in den Mund und schluckte ihn hinunter. Mama machte es sich auf dem Rücksitz bequem und ließ die Landschaft an sich vorüberziehen. Sie schaute in die Häuser, tat einen kurzen Blick auf das Leben anderer Menschen – jemand öffnete einen Schrank, eine Frau wusch ab, während aus einem anderen Fenster kalt und unheimlich der Fernseher in die Nacht leuchtete. Sie weiß noch, wie sie Onkel Jimmies Geschichten lauschte, wenn sie Fahrten mit ihren Eltern machten. Sie hätten auf den Fahrten zum Strand auf dem Rücksitz gesessen. Jimmie habe auf einen Mann gedeutet, der Blätter zusammenrechte, und gefragt: »Siehst du den Mann da? Das ist der Urenkel eines Matrosen, der einen Drachen getötet hat.« Sie habe sich damals gewundert, woher er das alles wußte.

Unmittelbar nach Jimmies Tod dachte meine Mutter ununterbrochen an ihn. Auch auf der Fahrt zu jener Party hoch auf dem Hügel, wo sie meinen Vater kennenlernte. Mama nennt diese Party immer »die Party oben auf dem Hügel«. Ich sehe Mama und ihre Freunde vor mir. Die dunkle Landstraße macht eine Kurve, rechts und links parken lange Autoschlangen, und in der Ferne ertönt Musik. Hoch oben auf dem Hügel steht ein altes Bauernhaus. Auf der Veranda spielt eine Band, im Hof drängeln sich Leute, und vor dem hell erleuchteten Haus steht die schwarze Silhouette einer wuchtigen Eiche.

Gerade als meine Mutter und ihre Freunde die steile Auffahrt erklommen hatten, beendete die Band ihren Song. Die Menge applaudierte, und Beifallschreie wurden laut. Der Gitarrist produzierte geräuschvoll einen verzerrten Akkord. Der Sänger ahmte eine Sirene nach. Die Gäste lachten.

Meine Mutter blieb am Rand des Gedränges stehen. Als sie sich umdrehte, waren Rick und Daisy verschwunden. Jemand reichte ihr einen Joint. Sie nahm einen Zug und gab den Joint weiter. Man bot ihr den nächsten an. Er kam aus einer anderen Richtung und war in süßes rosa Erdbeerpapier gerollt. Es war das erstemal, daß sie Erdbeerpapier schmeckte. Sie fand es gut. Auch ich mag Erdbeerpapier.

Von jedem Joint, der bei ihr landete, habe sie einen Zug genommen, und aus jeder Flasche, die man ihr hinhielt, einen Schluck. Dann sei eine kleine blonde Frau mit einem Gurkenglas zu ihr gekommen. Der Boden war mit einer Schicht dunkelbrauner Bohnen bedeckt, mit Münzen vermischt, und darüber hätten sich ein paar Dollarscheine gewölbt.

»Unkostenbeitrag«, sagte die Frau und hielt meiner Mutter das Glas unter die Nase. Meine Mutter wühlte in ihrer Börse.

»Für sie und für mich«, sagte da ein Mann hinter ihr. Seine Hand senkte sich auf das Glas, und er ließ einen Fünf-Dollar-Schein hineinfallen. Mit strahlendem Gesicht setzte die blonde Frau ihren Weg durch die Menge fort. »Unkostenbeitrag, Unkostenbeitrag.«

Als meine Mutter sich umwandte, fiel ihr Blick auf einen großen Mann. Sein blondes Haar war zu einem dünnen Pferdeschwanz zusammengebunden, um die Stirn war ein limonengrünes Tuch gewickelt.

»Ein Tuch in diesem Farbton habe ich noch nie gesehen«, sagte meine Mutter.

»Du kannst es haben«, antwortete er, nahm es ab und reichte es ihr. »Willst du high werden?«

»Das bin ich schon.«

»Alles nur Einbildung«, erwiderte mein Vater. Das limonengrüne Tuch baumelte noch immer in seiner Hand, meine Mutter hatte es noch nicht angenommen. Er streckte den Arm aus und stopfte es unter die Schulter von Mamas Kleid. Dabei streifte er mit den Fingern die Gewehrkugel an ihrem Hals. Er nahm ihren Arm und steuerte mit ihr auf die Eiche zu.

Was nun folgte, weiß ich so genau, als hätte ich es selbst erlebt. Meine Mutter sagt immer: »So war dein Vater. Er konnte Menschen steuern, als wären sie Autos.« Und dann fährt sie fort: »Er hatte den besten Stoff, den ich je geraucht hatte.«

Ich habe auch eigene Erinnerungen an meinen Vater, aber sie vermischen sich mit den Erzählungen meiner Mutter.

Sol habe gut ausgesehen, »seine Züge waren wie gemeißelt«, und dann beschreibt sie die Dekke, die unter der Eiche ausgebreitet war, die Bluejeans-Jacke und die beiden roten, metallisch glänzenden Motorradhelme.

»Ich heiße Sol«, stellte sich mein Vater vor. »Und du bist Sara.«

An diesem Punkt ihrer Erzählung schüttelt Mama stets den Kopf: »Ich habe nie herausgefunden, woher er meinen Namen wußte, aber eines kann ich dir versichern – dein Vater war ziemlich direkt.«

Meine Mutter behielt das limonengrüne Tuch. Jahrelang war es um den Schalthebel ihres VW-Busses gewickelt. Als ich noch jünger war, pflegte ich damit zu spielen. Dann sagte sie immer: »Das kriegst du eines Tages.«

Zweites Kapitel

Meine Geburt

Mein Vater hatte Pläne. Er wollte ein billiges Haus draußen auf dem Land finden, und er wollte ein Baby. Meine Mutter sollte ihr Studium abbrechen, und das tat sie dann auch. Das habe sie sowieso vorgehabt, erinnert sie mich. Seit Jimmies Tod habe sie nicht mehr am Unterricht teilgenommen. Im Juni, als die Lehrveranstaltungen vorüber waren, hatte sie keinen einzigen Schein vorzuweisen. Sie wollte nicht zurück. Sie haßte ihre Bude, die Universität und die Nörgelei ihrer Eltern.

Meine Mutter wollte nichts weiter, als mit Sol Motorrad fahren, denn für ein Abenteuer tat sie damals alles.

Also trat Mama eine Stelle in einem mexikanischen Restaurant an. Sie trug einen bunten weiten Rock und eine blaue Bauernbluse. Sol holte sie samstags um drei nach der Arbeit ab. Sie fuhren viele Meilen durch die umliegende Gegend. Mein Vater schlüpfte mit der Hand unter ihren flatternden Rock. Bei hundert Stundenkilometern streichelte er ihr Bein, und bei der Überquerung der Brücke über den Haw auf dem Highway 15-501 in südlicher Richtung liebkoste er ihre jungen Schenkel.

Ganz in der Nähe des Flusses entdeckten sie das Gebäude, in dem ich geboren wurde: drei Stockwerke voller Heu und kein fließendes Wasser. Zu erreichen war das Haus nur über einen langen, ausgewaschenen Feldweg. Allem Anschein nach stand es leer.

Um herauszufinden, wem es gehörte, wandten sich meine Eltern an einen in der Nähe wohnenden Bauern. Der Besitzer sei Luke Jones. Der Bauer deutete die Straße hinunter: »Da hinunter. Das gelbe Haus.«

Meine Eltern statteten Luke Jones einen Besuch ab. Achselzuckend meinte er, das Haus habe kein fließendes Wasser. Sol bot ihm fünfunddreißig Dollar im Monat.

»Fünfzig«, konterte Luke Jones.

»Fünfzig«, ging Sol auf ihn ein.

An jenem Tag band sich meine Mutter das limonengrüne Tuch über Mund und Nase und machte sich daran, Schmutz und Heu aus dem

Haus zu fegen. Sol saß draußen im Gras. Später beschrieb er ihr, wie die Staubwolken aus den offenen Fenstern und Türen drangen. Es habe ausgesehen, als würde das Haus brennen.

Wochentags, während meine Mutter kellnerte, fuhr mein Vater allein zum Haus hinaus. Das Klohäuschen mußte überholt werden. Er fegte es aus, schrubbte es und pinselte die Außenseite dunkelblau. Das Holz war so ausgelaugt, daß es drei Schichten Farbe aufsaugte. Schließlich gab Sol sich mit dem blassen Rauchblau zufrieden, das es anscheinend unbedingt bleiben wollte. Am Dach befestigte er eine bunte Lichterkette und spannte eine orangefarbene Verlängerungsschnur von Baum zu Baum bis hinüber zum Haus. An die Wände heftete er die Bilder der Beatles aus dem Weißen Album.

Am darauffolgenden Sonntag liehen sich meine Eltern einen Lastwagen und zogen um. Mami hatte das aufgemöbelte Plumpsklo noch nicht gesehen, und Sol schlich sich einen Augenblick davon, um ein rotes Band quer über die Tür zu spannen. An einem weiteren Stück Band ließ er eine Schere vor der blaßblauen Tür baumeln. Auf die kleine Klobank stellte er einen Eimer mit einer gekühlten Flasche Sekt, zwei Gläsern, einem Joint und einer Streichholzschachtel.

Bei Einbruch der Dämmerung, die Sonne ging gerade unter, verband er meiner Mutter die Augen und führte sie die rückwärtige Treppe hinunter in den Hof.

»Wohin bringst du mich?« wollte sie wissen.

Mein Vater gab keine Antwort.

Dreimal habe er sie um das ganze Haus herumgeführt, bevor er wieder die ursprüngliche Richtung einschlug – den Pfad vom Hintereingang hinunter zum Plumpsklo.

Er habe sich wie ein kleiner Junge aufgeführt, als er ihr die Binde abnahm. »Tatatataa!« schwenkte er die Arme in Richtung Klohäuschen. Meine Mutter klatschte in die Hände und lachte. Die Weihnachtslichter blinkten und warfen ihren bunten Schein aufs Gras. Mama konnte die goldene Flamme einer Petroleumlampe durch ein Astloch in der Tür schimmern sehen.

»Schneid das Band durch. Nun schneid schon das Band durch«, redete Sol auf sie ein.

Meine Mutter nahm feierlich die Schere und schnitt das Band entzwei. Hinter ihr ahmte mein Vater einen Trommelwirbel nach. Sie setzten sich ins Häuschen, Sol auf den Klositz, Mama auf seinen Schoß. Sie teilten sich einen Joint, küßten sich und stießen mit ihren Sektgläsern auf das neue Plumpsklo und ihr neues Leben an.

»Auf unser Baby«, sagte Sol.

»Hört, hört«, erwiderte Mama. Sie ließen ihre Gläser klingen, dann legten sie den Kopf weit in den Nacken, um den letzten Tropfen zu ergattern. Sol schleuderte sein Glas in den Hof, wo es an einem Stein zerschmetterte. Auch Mama warf ihr Glas weg. Es rollte gegen die bemooste Seite eines Baumes und blieb da liegen. Jahre später

füllte ich es mit Sand und gab vor, wie Mama Sekt zu trinken. Zwischen die Finger klemmte ich mir ein Hölzchen und zog daran, als wäre es ein Joint. Ich zog den Rauch tief in die Lunge. »Auf unsere Zukunft«, sagte ich dann, mein Glas voll Sand hoch in der Luft. »Auf unser Baby.«
»Hört, hört.«

Das ist eine der zahlreichen Lieblingsgeschichten meiner Mutter. »Sol in Hochform«, sagt sie und lächelt die ganze Zeit beim Erzählen.

Nicht lange nach dem Einzug gab meine Mutter ihre Stelle in dem mexikanischen Restaurant auf. Den ganzen Herbst durchstreifte sie die Landsträßchen und Felder, pflückte die wildwachsenden gelben Maßliebchen, die überall in Chatham County blühen. Sie stellte sie in Marmeladegläser und verteilte sie im Haus: auf den Küchentisch, auf den Kamin und neben das große Eisenbett, das Sol und sie in einem Trödelladen erstanden hatten. Sie stellte sie sogar ins Klohäuschen und auf den Steinboden vor dem Küchenherd.

Als es Winter wurde, sägten meine Eltern Brennholz und stapelten es im Haus neben der Hintertür. Nach einem Monat kaufte Sol eine leuchtendorangefarbene Kettensäge, die meistens in einer Ölpfütze neben den Stufen lag. Mami hatte angefangen, Körbe aus Geißblattranken zu flechten, und an dem Tag, als Sol die Kettensäge kaufte, besorgte er für sie drei Baumscheren zum Geburtstag. Die Ranken für ihre

Körbe riß Mama von den Nebengebäuden und Bäumen. Bevor sie die Ranken weiterverarbeiten konnte, mußte sie sie auskochen. Dazu nahm sie einen großen Aluminiumtopf, den sie auf den Küchenherd stellte.

»Dein Vater dachte immer, ich koche etwas zu essen. Er kam rein, hob den Deckel, und dann sah er nur Ranken, die im braunen Wasser vor sich hinbrodelten.«

Sie rochen wirklich nach Essen. Ich kann mich an den Geruch in der warmen, dampfgeschwängerten Küche erinnern. Ich weiß noch, wie ich immer nach Hamburgern Ausschau hielt, wenn Mami Geißblattranken auskochte.

Durch Sols Handel mit Dope kamen sie an Geld und frisches Wasser. Keiner von Sols Freunden tauchte ohne Blättchen und sauber ausgespülte, mit Wasser gefüllte Milchflaschen auf. Beim Abschied waren die Augen rot und die Flaschen leer. Stets kehrten Sols Freunde mit vollen zurück.

Wenn niemand da war, mit dem er high werden konnte, wurde Sol allein high und bemalte die Holzwände des Hauses mit Heiligen. Sie trugen wallende Gewänder, hatten einen Heiligenschein und hielten merkwürdige Gegenstände in den Händen. Die Küchenheilige streckte ihre Arme nach vorn, und in der Mulde ihrer Handflächen hockte ein Frosch mit einem Fernglas. Der Heilige im Treppenhaus hatte sechs Arme und sechs Hände, in denen er Besen, Wischlap-

pen, Eimer und Schlüsselbunde hielt. Der Heilige im Schlafzimmer wiegte ein Baby im Arm.

Als Mama meinem Vater sagte, sie sei schwanger, brach er die Arbeit an seinem vierten Heiligen, der gerade im Wohnzimmer entstand, ab. Dieser hielt noch nichts in den Händen. Er hatte nämlich noch gar keine Hände, nur einen Kopf, einen Heiligenschein und einen Teil seines Körpers, mit Kohle skizziert. Als Mama zu Sol sagte, sie sei schwanger, fuhr er los und kam mit fünfzehn Dosen Farbe in sieben verschiedenen Schattierungen zurück und machte sich daran, den Fußboden zu streichen. Jede Diele in einem anderen Ton.

Er begann mit Blau. Dann folgte Gelb. Mama wußte, daß sie nicht auf Gelb treten durfte. Wenn Freunde kamen, warnte sie sie. »Diese Woche ist es Gelb.« Oder: »Diese Woche ist Purpur dran.« Und die Freunde wußten, welchen Farbton sie zu meiden hatten. Nur einer paßte nicht auf.

»Das war Tommy«, pflegte meine Mutter zu sagen und deutete auf die roten Spuren, die über die Farbstreifen auf dem Küchenboden verliefen. Sie verblaßten auf dem Weg zur Hintertür und waren auf der Veranda nur mehr Schatten. »Er taugte nichts«, lautete Mamas Kommentar zu Tommy.

Als nächstes folgt natürlich die Geschichte von meiner Geburt und der Hebamme Margaret, die ihre langen Zöpfe um den Kopf gewickelt trug, und wie Margaret und Mama Sol anflehten, sich vor meiner Geburt um ein Auto zu kümmern.

Zu guter Letzt trieb er einen alten beigen VW-Bus auf. Der blieb in den Schlammpfützen, die sich im Frühling auf dem Feldweg zu unserem Haus gebildet hatten, stecken. Tommy und Sol schoben sich gegenseitig die Schuld in die Schuhe. Monatelang zankten sie sich und gingen jeden Tag hinunter zu den Pfützen. Dort nörgelten sie herum, rauchten einen Joint und schippten ein paar Schaufeln mit wäßrigem Dreck hinter den Rädern weg.

Der Bus saß im Schlamm fest, und Mama wurde immer runder. Eines Tages stürzte Sol aus dem Plumpsklo hervor und schwenkte eine *National Geographic.* Mama hockte auf der Hintertreppe. Sie war damit beschäftigt, die Rinde von Geißblattranken zu entfernen.

»Schau dir das mal an«, sagte Sol.

Sie warf einen kurzen Blick auf die Zeitschrift. »Ich habe nasse Hände«, erwiderte sie. Sie glitt mit ihren Fingern an einem Stück gekochter Ranke entlang und schob die Haut auf den schleimigen Haufen zu ihren Füßen.

»Hör zu!« Sol las ihr von einem Stamm irgendwo auf der Welt vor, der die Plazenta eines Neugeborenen feierlich vergrub. »Sollen wir das auch tun?« fragte er.

»Mir wäre es lieber, wenn du den Bus wieder flottkriegtest«, antwortete meine Mutter.

Sol hob ein Loch im Garten aus. Er wählte eine

Stelle zwischen drei Zedern, und so kam ich zu meinem Namen. »Als wollte er fünfzig Plazentas begraben. Wenn man bedenkt, welche Energie er in dieses Loch gesteckt hat. Und als die Wehen anfingen, weißt du, was er da sagte?«

Natürlich weiß ich genau, was er sagte. Ich kenne die Geschichte in- und auswendig. Ich weiß, daß Mama den Küchenboden schrubbte, als die Wehen einsetzten. Ich weiß, daß das Fruchtwasser abging und auf der purpurroten Diele auf den Herd zufloß. Ich weiß, daß mein Vater wütend wurde, weil meine Mutter drei Flaschen Wasser dafür verbrauchte, den Boden zu schrubben, und daß Margaret sagte, er solle sich zum Teufel scheren – Mama dürfe tun, was sie wolle –, und ich weiß, daß Mama zu Sol sagte, es sei soweit, und er erwiderte: »Das geht nicht. Mein Loch ist noch nicht fertig.«

»Dem Herrn sei gedankt, daß es Sommer war«, sagt meine Mutter. »Die Pfützen waren trocken, und der Transporter steckte nicht mehr fest. Wir haben ihn allerdings gar nicht gebraucht.«

Meine Geburt ging reibungslos vonstatten. Hinterher gaben Margaret und ihre Helferinnen Sol Anweisung, für Ruhe zu sorgen, aber kaum waren sie gegangen, lud er dreißig Leute zum Feiern ein. Mindestens sechzig kamen. Sie schrieben ihre Namen ins Gästebuch, ein Notizbuch mit Spiralrücken, das Sol extra für diese Gelegenheit gekauft hatte. Mama blätterte immer in dem Buch, wenn sie mich am Küchentisch stillte. Sie las einen Namen vor und fragte: »Und wer ist das?« Sol konnte ihr keine Antwort geben.

In der Nacht meiner Geburt entfernte mein Vater die blutigen Laken vom Bett. Er wickelte die Nachgeburt darin ein und begrub das Ganze zuunterst in dem Loch, das er ausgehoben hatte. Die Leute, die bei meiner Geburtsfeier anwesend waren, legten lauter Steine um das Grab.

Mama wachte frühmorgens im Dunkeln auf. »White Room« von Cream dröhnte aus der Stereoanlage. Eine Lampe warf von draußen ihr flackerndes Licht auf die Wand. Mama stand auf, um zu pinkeln. Ihre Beine zitterten, als sie sich über den Eimer kauerte, und es prasselte lange und fest auf den Blechboden. Mama nahm mich hoch und trug mich zum Fenster. Leute standen um ein riesiges Feuer, und Sol zündete sich gerade einen Joint an. Er steckte sich das brennende Ende in den Mund und lief im Kreis, wobei er einen wilden Tanz mit den Armen vollführte und den Rauch in die gierigen Gesichter der Umstehenden blies. Ich jammerte leise, und Mama öffnete ihr Hemd, um mich zu stillen.

Drittes Kapitel

Wir verlassen Two Moons

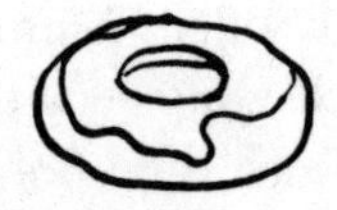

Ich war vier Jahre alt, als Mama Sol schließlich verließ.

Ich weiß noch, wie er mich hochhob, damit ich meine Bilder neben seinen Heiligen auf die Wände malen konnte. Mama hatte mir Fingerfarben geschenkt. Sol und ich tauchten die Hände hinein und drückten sie auf die Wand über dem Herd. Ich erinnere mich, wie Sol meine Mutter rief, damit sie auch einen Abdruck machte. Er schrieb Sara, Cedar und Sol daneben.

Ich erinnere mich daran, wie ich zusah, wenn mein Vater von der rückwärtigen Veranda aus in den Garten pinkelte. Sein Urin bildete einen von

Bier gesättigten gelben Bogen. Ich erinnere mich daran, wie Sol und Tommy im Sommer hinten im Garten saßen und eine Pfeife oder einen Joint hin- und hergehen ließen. Im Winter stellten sie ihre Stühle an den Ofen. Im Alter von vier Jahren wußte ich, wie man einen Joint schön fest rollt. Sol gab mir für jeden, mit dem er zufrieden war, einen Vierteldollar.

Ich weiß auch noch, wie wir »Agitator« spielten. Sol band jedem von uns eine weiße Binde um den Arm, und wir marschierten durch Haus und Hof und sangen bei Country Joe and the Fish mit.

Zwei-drei-vier! Wofür kämpfen wir?
Frag mich nicht, es läßt mich kalt.
Vietnam ist der nächste Halt.

Mama hatte eine neue Stelle in einem Doughnutladen. Manchmal kam sie heim, wenn wir gerade mitten in diesem Spiel waren. Wir marschierten über den bunten Fußboden und trugen unsere weißen Armbinden. Dann lachte sie und und machte mit. Auf Mamas rosa Polyesteruniform sah die weiße Binde wie ein Schmuck aus. Sie sagte zu Sol, er sei lächerlich, und sie umarmten und küßten sich, während ich ihnen um die Füße tanzte.

Meistens lag Sol jedoch schlafend auf dem Sofa im Wohnzimmer, wenn sie nach Hause kam. Das Feuer war völlig erloschen, und ich hatte mich tief in meinen Schlafsack gekuschelt, um warm zu bleiben. Nach Doughnuts duftend kam sie in mein Zimmer. Die Haut auf ihren Händen und Armen war klebrig von Zucker. Hatte sie dann ihren Mantel ausgezogen, bedeckten Fussel ihre Arme. Wenn Mama aus dem Doughnutladen kam, war sie ganz und gar mit Mehl bestäubt, so daß der feine Flaum in ihrem Gesicht zu sehen war.

»Ist alles in Ordnung?« fragte sie mich dann.

»Hast du mir einen Doughnut mitgebracht?«

Fast immer hatte sie daran gedacht und gab mir einen ungefüllten, mit Zuckerguß überzogenen Doughnut in einer weißen Glanztüte. Ich setzte mich zum Essen im Bett auf und lauschte, wie die Herdtür klapperte und Mama Papier zusammenknüllte. Dann hörte ich, wie sie Zweige zerbrach, Scheite dumpf über den Boden rollten und schließlich das Feuer im Ofen knisterte.

Es kam vor, daß Mama Sol weckte und anschrie. Warum hatte er das Feuer ausgehen lassen? Warum kümmerte er sich nicht ordentlich um mich? Warum mußte sie arbeiten, während er sein Geld verkiffte? Warum zum Teufel konnte Tommy nicht ein einziges Mal bei sich zu Hause bleiben?

Es geschah aber auch, daß sie ihn gar nicht erst weckte, weil sie zu wütend war. Dann zählte sie das Kleingeld aus der Tasche ihrer rosa Uniform, und wir machten uns auf den Weg, um Hamburger zu holen. Sol blieb daheim, während das Haus langsam warm wurde. Bei unserer Heimkehr waren gewöhnlich jede Menge Leute da, und die Luft war voll von Zigarettenrauch und Dope.

Dann brachte mich Mama ins Bett. Vor dem Einschlafen lauschte ich dem Gelächter und den Gesprächsfetzen, die aus der Küche in mein Zimmer drangen. Manchmal wachte ich von dem Lärm schlagender Wagentüren und startender Motoren auf. Die Lichtkegel der Scheinwerfer kreisten durch mein Zimmer. Ich versuchte, so lange wach zu bleiben, bis Sol ins Bett ging und Mama wieder die Treppe herunterkam, um den Ofen zu schüren und nach mir zu schauen.

Wir verließen Sol im Sommer.

Zwei Wochen vor meinem vierten Geburtstag nahm Mama mich beiseite und sagte mir, wir würden eine Reise machen. Nur wir beide.

»Und Sol?« fragte ich.

»Er bleibt hier«, antwortete sie. »Und verrate es ja niemandem.«

»Daß er hierbleibt?«

»Daß wir wegfahren. Sag es niemandem. Auch nicht Sol.«

Mama brauchte drei Wochen, bis alles bereit war. Zuerst brachte sie den Bus zu einem Automechaniker. Er sollte ihn überholen. Das Geld dafür hatte sie sich aus ihren Trinkgeldern und ihrem Lohn zusammengespart. Dann sortierte sie unsere Kleider aus und wusch sie. Diejenigen, die wir mitnehmen wollten, legte sie nicht in die Schubladen und Schränke zurück, sondern faltete sie und räumte sie in Schachteln, die sie auf dem Speicher versteckte. In kurzer Zeit war meine Lieblingskleidung eingepackt, und ich mußte ungewohnte Sachen tragen – Kleider, Röcke und Hosen aus einem glatten Gewebe, das nicht Denim war.

Meinen Geburtstag feierten wir an dem Steinkreis, wo die Plazenta begraben lag. Ich trug ein rotes Blümchenkleid.

Ich erinnere mich, wie Sol lachend fragte: »He, wo ist denn mein kleiner Lausbub?«

Ich erinnere mich auch noch an den Blick, den Mama mir zuwarf. Sag ja nichts. Ich zuckte mit den Schultern und krabbelte auf Sols Schoß. Ich erinnere mich noch an sein schäbiges T-Shirt, den Geruch seiner Haut, die Nikotinflecken an seinen Fingern und den weichen blonden Bart. Er schenkte mir Wasserfarben und einen neuen Malblock, und dann sagte er, er habe auch einen neuen Mond für mich.

»Einen neuen Mond?« fragte ich.

Ja, meinte Sol, einen neuen Mond. Nirgendwo sonst in Chatham County gebe es zwei Monde. Er führte mich zur Asphaltstraße hinunter und wies auf den strahlenden Vollmond zu meiner Linken. Dann stiegen wir unseren steilen, gewundenen Fahrweg nach oben, und er zeigte mir noch einmal den gleichen Mond, diesmal auf der rechten Seite. »Zwei Monde«, verkündete er feierlich. »So wollen wir dieses Haus nennen.«

Später an jenem Abend, als Mama in der Küche mein Haar flechten wollte und Sol mit Tommy auf der vorderen Veranda saß, fragte ich Mama flüsternd: »Mama, kommen wir wieder hierher zurück?«

»Ich weiß es nicht«, sagte sie und fuhr mir mit dem Kamm durch das Haar.

»Verlassen wir Sol für immer?«

»Wir verstehen uns nicht mehr, Cedar. Wenn er nur seine Arbeit erledigen würde, ohne daß ich ihn immer anschreien muß. Und selbst das hat keine Wirkung mehr.«

»Vielleicht könntest du mir beibringen, was er zu tun hat«, schlug ich vor.

»Hier halte ich es keinen weiteren Winter aus«, seufzte Mama. »Seine Freunde bringen noch nicht einmal mehr Wasser mit.«

Hinter dem Ofen standen zwanzig Milchflaschen. Bis auf drei waren sie leer. Ich wußte, daß Mama sie morgen, wenn sie zur Arbeit fuhr, in den Bus werfen, auffüllen und wieder mit nach Hause bringen würde. Ich wußte auch, daß Tommy morgen wieder zu uns kommen würde. Ich würde fünfundsiebzig Cent für das Rollen von Joints verdienen. Mittags würde ich Cornflakes und Sol eine Tüte Chips essen.

Mama wickelte ein Gummi um meinen fertigen Zopf.

»Wohin fahren wir?«

»In Richtung Westen«, antwortete sie.

»Ich mag den Strand«, sagte ich zu ihr. Ich erinnerte mich, daß die Küste nach Osten lag, der aufgehenden Sonne entgegen. Im Jahr zuvor waren wir dort hingefahren. Sol hatte eine Möwenfeder und eine Krebsschale gefunden. Daraus hatte er ein Mobile gemacht, das nun in meinem Zimmer schwebte.

»Westen«, wiederholte meine Mutter. »Da gibt es auch einen Strand.«

»Kann ich den neuen Mond mitnehmen?«

Wir fuhren an einem Sonntagvormittag. Wir schlichen davon wie die Diebe. Ich konnte Sol nicht auf Wiedersehen sagen. Er war irgendwo mit Tommy unterwegs.

Ich saß auf der Hintertreppe mit meinem neuen Malblock, als Mama vorbeiging. Sie näherte sich der Mülltonne, die immer mit Vogelfutter gefüllt unter dem Hartriegelbaum stand, nahm das Vogelhäuschen vom Zweig, füllte es und hängte es wieder in den Baum. Dann nahm sie den Deckel von der Blechtonne und ließ ihn wie einen Riesenfrisbee in den Wald segeln.

»Es ist soweit«, sagte sie und wandte sich zu mir. »Kannst du mir helfen, die Kartons vom Speicher zu holen?«

Ich glaube, ich habe nicht geantwortet. Ich glaube, ich habe sie nur angesehen, wie sie da vor dem Baum stand, ihr braunes Haar auf dem Rücken zu einem Zopf geflochten. Einige Strähnen hatten sich gelöst. Sie trug Shorts und ein T-Shirt. Ihre kräftigen Beine und Arme waren gebräunt. Das Sonnenlicht brach sich in der Gewehrkugel an ihrem Hals.

»Ich hole sie selbst«, sagte meine Mama. Sie trat zu mir und legte mir ihre Hände auf die Schultern. Ihre Finger drückten mir ins Fleisch. Sie sah mir in die Augen. »Cedar«, sagte sie. »Es muß sein. Mach ja kein Theater.«

Ich lauschte, wie sie die Treppe hinaufstieg. Dann hörte ich ein Plumpsen und ein Schleifen. Ich rannte ins Haus, blieb unten an der Treppe stehen und blickte hoch. Es dauerte nicht lange, da erschien sie oben auf dem Vorplatz. Sie mühte sich mit der Matratze aus dem großen Eisenbett ab. Ich rannte in Richtung Küche und drückte mich flach an die Wand. Mama schleifte die Matratze die Treppe hinunter und quer über den Fußboden des Wohnzimmers. Auf der einen Seite hing die Matratze über und stieß einen Aschenbecher vom Tisch. Scheppernd fiel er auf den Boden und rollte davon. Graue Asche und Zigarettenkippen landeten auf dem Teppich.

»Verdammt«, schimpfte meine Mutter. Sie hielt die Matratze mit der einen Hand fest und beugte sich nach unten, um die Kippen aufzulesen. Plötzlich gab sie dem Aschenbecher einen heftigen Stoß, so daß er über den Boden schlidderte. Danach richtete sie sich wieder auf und schleppte die Matratze durch die Tür, über den Hof, in den Bus. Ich folgte ihr und sah zu, wie sie die Matratze durch die Seitentür des Busses quetschte. Sie grunzte, schob und drückte. »Nun mach schon, du altes Miststück«, sagte sie immer wieder. »Nun mach schon, du altes Miststück.« Endlich rutschte die Matratze hinein und fiel flach auf den Boden. Mama kletterte hinterher und schubste sie solange, bis sie wie ein Bett dalag, nur daß sich die Ränder an den Metallwänden hochbogen. Sie sammelte Gras und Blätter auf und warf sie hinaus in den Garten. Als sie mich erblickte, sagte sie: »Geh in dein Zimmer und such dir ein paar Spielsachen aus, die du mitnehmen willst.«

Ich rührte mich nicht.

Mama krabbelte noch immer auf den Knien auf der Matratze herum und entfernte Zweige und Blätter. Sie drehte sich um und sah mich noch immer da stehen. »Beeil dich«, sagte sie.

Ich rannte in mein Zimmer. Ich erinnere mich, wie der Sonnenschein auf mein Bett mit dem zerknitterten Laken und der zerwühlten Bettdecke fiel; wie sich das Mobile aus Krebs und Feder darüber drehte. Ich sah die weißen Holzwände, deren Farbe abblätterte; meine Zeichnungen, die über meinem Schreibtisch klebten; die Blechschachtel mit Farbkreiden und Buntstiften und Pinseln neben meinen Heften und Malblöcken; meinen Teddybär auf dem blaugelben Flechtteppich, in die schmutzigen Kleider und Schuhe geschmiegt.

Mama kam zur Tür hereingerannt. »Such dir was aus!« befahl sie. Ich rollte meinen Teppich mit dem ganzen Durcheinander auf und versuchte, meinen Schreibtisch in Richtung Tür zu ziehen.

Mama kam wieder vorbeigeflitzt, diesmal trug

sie eine Schachtel auf dem Arm. »Keine Möbel«, bellte sie mich an. »Und vergiß deinen Schlafsack nicht!«

Ich schnappte meinen Teddy, meine Farbkreiden, Buntstifte und Pinsel. Ich packte meine Malblöcke und Hefte. Dann stellte ich mich aufs Bett und riß mein Mobile herunter. Als nächstes folgte eines meiner Bilder, das an der Wand hing. Es war eine Zeichnung von Sol, wie er von der Veranda in den Garten pinkelte. Dort, wo sein Urin den Boden traf, hatte ich mit gelber Kreide Spritzer hingemalt. Ich hatte auch eine Bierdose auf dem Geländer gemalt. Sol blickte zum Himmel und lächelte ekstatisch.

»Ist das alles?« fragte Mama, als ich beim Bus ankam. Ich nickte.

»Gut«, sagte sie. »Du gehst besser noch mal auf den Topf. Wir fahren gleich.«

Vom Klohäuschen aus schaute ich durch den Garten in Richtung Küche. Die Blätter meines Zeichenblocks flatterten in der Brise auf der Veranda. Ich konnte das Geräusch hören, das sie machten, ein leeres Geräusch von Seiten ohne Menschen. Es war ein funkelnagelneuer Malblock, und ich ließ ihn dort liegen.

Viertes Kapitel

Ich liebe dich

Mama und ich wohnten im Bus und zogen fast ein Jahr lang kreuz und quer durchs Land, in Richtung Westen. Wir campten in Nationalparks und am Straßenrand. Wir schauten uns jedes Museum an, in dem kein Eintritt verlangt wurde, und sahen das größte Bindfadenknäuel der Welt. Wir waren nicht in Eile, und wenn ich sagte: »Mama, da war eben ein Bach«, dann kehrte sie häufig um, und wir wateten im Wasser. Wenn es ein Fluß war, sammelte ich glatte runde Steine. Ich türmte sie am Ufer auf, doch bevor wir abfuhren, mußte ich mich für einen entscheiden. Alle durfte ich nicht mitnehmen. Wir reisten mit leichtem Gepäck, erinnerte mich meine Mutter.

Wenn wir an einem See haltmachten, ließen wir Steine hüpfen und zählten, wie oft sie das Wasser berührten. Mama brachte mir bei, wie man das macht.

»Fünf«, schätzte sie und ließ dann den Kiesel über den See gleiten.

»Vier«, sagte ich dann.

Auf diese Weise lernte ich zählen. Zumindest bis sieben. Das war Mamas Rekord.

Manchmal spielten wir Löwe. Wir krochen über ein Feld und taten so, als wären wir auf Beutefang. Dann kletterten wir auf einen Baum, und unser Spiel verwandelte sich in ein Spionagespiel. Wir bildeten Kreise mit den Händen – unser Fernglas, das wir uns vor die Augen hielten.

Doch das war alles erst später, als wir das Landesinnere erreicht und uns ans Reisen gewöhnt hatten. Zuerst fiel es uns schwer. Manchmal schlief Mama, und ich lag hellwach da. Ich leuchtete mit meiner Taschenlampe jeden Winkel des Busses aus und richtete den Strahl, wenn es heftig regnete, auf die Rinnsale des hereinsickernden Wassers. In anderen Nächten sah ich aus dem Fenster und beobachtete die Frösche, die mitten auf der Straße hockten und von den Rädern der Diesellaster zerquetscht wurden.

Es gab aber auch Nächte, da schien der Mond so hell, daß keine von uns beiden schlafen konnte. Wir parkten am Straßenrand einer zweispurigen Asphaltstraße, knieten auf der Matratze,

spähten aus dem Fenster und beobachteten das Haus auf der anderen Seite. Frühmorgens sahen wir manchmal, wie das Licht im Haus anging und etwas später das Licht in der Scheune. »Jimmie hatte eine lebhafte Phantasie«, sagte Mama dann. »Jimmie hätte mir lange Geschichten über diesen Bauern und seine Frau erzählt. Ich war der Meinung, daß es nichts gab, was er nicht wußte.« Ihre Stimme brach, und sie begann zu weinen.

Ich legte meine Arme um sie und flüsterte: »Erzähl mir von ihm.«

Das war der Anfang von Jimmies Geschichten. Ich sollte sie während meiner ganzen Kindheit und Jugend hören.

»Einmal fuhr er auf einen Segellehrgang. Ich mußte zu Hause bleiben. Ich habe ihn schrecklich vermißt. Wenn er nicht da war, fühlte ich mich immer so allein.«

»Wie alt warst du damals?«

»Fünf. Er war sieben. Als er zurückkam, brachte er mir ein winziges Segelboot mit, und wir gingen zum Bach hinter unserem Elternhaus und ließen es segeln. Es hatte aber geregnet, und das Boot wurde fortgerissen; es ging verloren. Ich weinte mir die Augen aus.«

Ich fühlte, wie ihre Schultern bebten, und berührte sanft ihre Wange. Sie ergriff meine Hand und hielt sie fest.

»Meine liebe kleine Cedar«, sagte sie und lächelte dann. »Jimmie machte mir ein neues Boot, und ich schloß es noch mehr in mein Herz als das alte.«

»War es hübsch?«

Sie lachte. »Nein. Häßlich. Nur ein Klotz, fünf auf zehn Zentimeter. Ein Bleistift diente als Mast, und das Segel war aus Küchenkrepp. Aber Jimmie hatte es gemacht. Das allein zählte.«

Wir saßen so manche Nacht am Feuer. Mama wählte einen Brief aus der Schachtel, die wir mitgenommen hatten, und las ihn. Die Briefe waren von Jimmie. Er hatte sie ihr geschickt, während sie an der Uni und er im Krieg war. Der Brief, der nie geöffnet wurde, steckte in der Ecke der Schachtel. Er war jederzeit griffbereit.

»Lies ihn doch«, drängte ich sie. Ich lag neben ihr und hatte meinen Kopf auf ihren Schoß gebettet. Geistesabwesend streichelte sie mein Haar. Doch sie schüttelte immer den Kopf, zog einen anderen Brief hervor und las ihn.

»Ist noch immer Krieg?« fragte ich dann.

»Ja«, antwortete sie.

»Wofür kämpfen wir?«

»Das weiß ich nicht«, sagte Mama dann, löschte das Feuer, und wir gingen ins Bett. Beim schwachen Licht der Taschenlampe erzählte mir meine Mutter dann von der Beerdigung meines Onkels, von der Fahne und dem leeren Sarg, der irgendwo am Rand von Atlanta, Georgia, begraben ist. Sie pflegte die Gewehrkugel in die Höhe zu halten und ließ sie am Halsband baumeln: »Das hier hat er mir geschenkt.«

Es gab auch Nächte, in denen ich diejenige war, die weinte. Wenn draußen Gewitter niedergingen, fragte ich mich die ganze Zeit, ob wir wohl sicher waren. Es war so laut im Bus. Wir mußten schreien, um einander zu verstehen. Ich wollte mein Zuhause wiederhaben. Ich wollte mein Zimmer. Ich wollte Sol.

Zwei Wochen waren wir bereits auf der Straße, als Mama Sol anrief. Ich stand neben ihr in der kleinen Telefonzelle, die erzitterte, wenn die Autos vorbeirasten, und die voller Abgase war.

»Cedar möchte mit dir sprechen«, sagte Mama, bevor sie mir den Hörer reichte.

»Wo seid ihr?« wollte Sol wissen.

»Arkansas«, antwortete ich.

»Gib mir deine Mutter«, sagte Sol.

Das war das letztemal, daß ich mit ihm redete. Mama schrie ins Telefon. Ich stand neben ihr. Ich konnte Sols Stimme hören. Ein paar Worte konnte ich verstehen. Nach Hause. Cedar. Schlampe. Noch mal mein Name. Hure. Da knallte Mama den Hörer auf und packte mich am Arm. Sie stupste mich in den Bus, und wir fegten vom Parkplatz. Einen Kilometer nach dem anderen fuhren wir schweigend dahin. Mama steuerte mit der linken Hand. Mit der rechten durchwühlte sie ihre große Webtasche. Sie fand ihre Sonnenbrille, holte sie heraus und setzte sie sich auf die Nase.

Am Rand von Little Rock hielten wir an, um zu tanken. Ohne ein Wort zu sagen, legte ich eine

Sonnenbrille auf die Theke. Ohne ein Wort zu sagen, kaufte Mama sie mir.

Manchmal blieben wir mehrere Wochen in einer Stadt. Mama ging arbeiten. Das Geld sparte sie. Ich ließ die Städte gern hinter mir; ich stieg gern wieder in den Bus und setzte mit Vergnügen meine Sonnenbrille auf. Es machte mir Freude, Mama schalten zu sehen, zu beobachten, wie sie in den Rückspiegel schaute, die Spur wechselte und auf die Knöpfe am Radio drückte. Und die ganze Zeit nippte sie an einer Cola aus einer grünen Glasflasche, die sie sich zwischen die Beine geklemmt hatte.

Manchmal lernte meine Mutter einen Mann kennen, den sie mochte. Er reiste dann mit uns. Sie schliefen in seinem Zelt, das neben dem Bus aufgeschlagen wurde. Ich übernachtete allein im Bus, dessen Türen abgeschlossen waren. Ich war froh, wenn der Mann in seinem Lastwagen auf eine Ausfahrt zusteuerte oder wenn wir ihn am Straßenrand aussteigen ließen, damit er in eine andere Richtung trampen konnte.

Mama und der Mann standen dann an der Kreuzung. Ich saß im Bus und sah zu, wie sie sich lange umarmten und leidenschaftlich küßten. Wie auf einer Ansichtskarte, deren Hintergrund stetig wechselte. In Kansas waren es Sonnenblumenfelder. In Wyoming Bäche, blauer als der Himmel. In Colorado Hügel mit Espen und Tannen.

Beim Wegfahren winkte ich und ließ den Fahrt-

wind gegen meine Handflächen drücken. Mama und ich gingen danach irgendwo zum Frühstück. Während ich meine Tasse Kaffee mit reichlich Zucker, Sahne und Eiswürfeln schlürfte, beratschlagten wir, wohin die Reise als nächstes gehen sollte.

Im Mai machten wir uns in Richtung Taos, New Mexico, auf. Am Stadtrand hustete und prustete der Motor, und eine dicke schwarze Rauchwolke quoll aus der Haube. Mama fuhr an die Seite und stellte den Motor ab. Als sie wieder starten wollte, machte der Schlüssel nur klick.

Wir trampten in die Stadt. Ich lief rückwärts, wie Mama, und hielt den vorbeifahrenden Autos meinen Daumen entgegen. Ein blauer Falcon fuhr an den Rand. Mama hob mich hoch und rannte auf ihn zu. Ich erinnere mich daran, wie der Kies unter mir vorbeihuschte. Ich erinnere mich auch daran, wie Mamas Tasche gegen mein Knie schlug. Ich erinnere mich an das Lächeln und die strahlenden braunen Augen des Mannes, der uns mitnahm. Er hieß Daniel. Sein Haar war schwarzgelockt, sein Bart sauber gestutzt. Mama erwiderte sein Lächeln und stellte uns vor. Daniel sagte: »Cedar. Was für ein hübscher Name.« Wir wohnten drei Monate bei ihm in Taos.

Er besaß ein Haus aus getrockneten Lehmziegeln, mit einer Herdstelle in der Ecke. Wir hatten einen Bus, der es nicht mehr tat. Er besaß ein Atelier voller Leinwand, Staffeleien, Farben, Terpentin. Ich verliebte mich sofort in den Geruch.

Wir hatten keine Bleibe. Er lebte mit einer Freundin namens Leah zusammen, die in den nächsten drei Monaten nicht zu Hause sein würde. Das wußten wir erst nicht, aber wir waren flexibel. Und Daniel interessierte sich für Mama. Das war nichts Ungewöhnliches. Die meisten Männer interessierten sich für sie. Sie fühlten sich von ihrem großen starken Körper angezogen, ihrem langen braunen Haar und ihren strahlenden grünen Augen. Ich bin so groß wie sie, habe ihre Muskeln und ihr Haar, doch ihre Augen habe ich nicht mitbekommen.

Daniel erzählte Mama erst nach zwei Wochen von Leah. Da teilte Mama schon sein Bett, und ich schlief auf der Couch im Atelier. Die Fotografien an der Atelierwand gehörten Leah. Abends, bevor Mama das Licht ausmachte und nachdem sie mich zugedeckt hatte, sah sie sich die Fotos an. Mama stand mit ihrer Nase in Richtung Wand und starrte auf das Schwarzweißfoto der Frau, die Wäsche auf die Leine hängte. Zwischen den flatternden Laken waren nur die Füße sichtbar, der Körper war eine Silhouette in der Sonne. Dann sah Mama sich das nächste Bild an. Traurig blickende dunkelhäutige Kinder auf der Veranda einer alten Bruchbude. Es folgte ein Bild mit Männern, die Blumen hielten und Friedenssymbole aufs Gesicht gemalt hatten. Auf dem nächsten stand Daniel an seiner Staffelei, einen Pinsel im Mund. Am längsten blickte Mama auf ein Foto von Daniel, der sei-

nen Arm um die Taille einer dünnen, dunkelhaarigen Frau gelegt hatte, die ein langes Paisley-Kleid trug. Sie standen am Ufer eines Sees. Daniels Kopf neigte sich der Frau zu. Ihr Kopf neigte sich zu ihm.

Jeden Abend sah sich Mama die Fotos an. Jeden Abend verweilte sie bei diesem am längsten. Und jeden Abend drehte sie sich zu mir um und sagte: »Gute Nacht, Cedar.« Dann knipste sie den Lichtschalter an der Wand aus.

Meine Mutter fand Arbeit, zu der sie zu Fuß gehen konnte. Sie machte Frühschicht. Ihr Kleid war orange und glänzte. Es paßte zu den Speisekarten, den Tischen und den harten Plastikbänken von Pancake Castle.

Wenn ich morgens aufwachte, war Mama schon weg. Daniel bereitete uns das Frühstück, und wenn wir fertig waren, gingen wir ins Atelier. Er gab mir Karton, auf dem ich malen konnte, und erlaubte mir, seine Pinsel und Farben zu benutzen. Wir legten eine Rock-'n'-Roll-Platte auf, er malte an der einen Staffelei, rauchte Zigaretten und Joints, und ich malte neben ihm an einer Staffelei, die er meiner Größe angepaßt hatte. In der Regel schaffte ich am Tag drei Bilder. Daniel arbeitete den ganzen Sommer an ein und demselben. Er gab mir einen Kittel, eines seiner alten Arbeitshemden, das ich verkehrt herum trug. Wenn ich genug hatte, hängte ich den Kittel an einen Nagel an der Tür, neben Daniels farbverschmierte Schürzen. Er hatte sechs. Wenn ich mich langweilte, ging ich ins Wohnzimmer und sah fern. Ich hatte vorher noch nie ferngesehen und konnte stundenlang davorsitzen, auch wenn es Mama nicht recht war.

Wenn sie heimkam, liefen gerade die Serien. Sie stellte das Gerät ab und setzte sich zu mir auf die Couch.

»Was soll denn das?« fragte sie.

»Ich habe mir das gerade angeschaut«, jammerte ich.

»Hast du heute etwas gemalt?« unterbrach sie mich dann.

Die Frage nach meinen Bildern ließ mich alles andere vergessen. Ich führte sie ins Atelier. Sie gab Daniel zur Begrüßung einen Kuß. Sie umarmten sich und bewunderten lautstark meine Tagesarbeit.

Es war Leahs Haus, in dem wir umsonst wohnten. Es war Leah, mit der Daniel immer spät abends ganz leise sprach. Ans Telefon ging immer nur er.

Viele Jahre später erzählte mir Mama, Daniel habe zwei Wochen nach unserer Ankunft – Mama hatte zweimal mit ihm geschlafen – den Kopf auf ihren Bauch gelegt und, während sie mit seinen dunklen Locken spielte, gesagt: »Ich muß dir was gestehen.« Er erzählte ihr von der Frau namens Leah, der das Haus, in dem wir lebten, gehöre, und daß wir gern die drei Monate, die sie weg war, bleiben könnten. Er habe jedoch Verständnis dafür, wenn wir ihn verließen.

Mama war nicht überrascht. Sie hatte die Fotos im Atelier ja bereits gesehen. Mama hörte nicht auf, mit seinem Haar zu spielen, schwieg jedoch. Sie dachte an mich, die ich unten im Atelier schlief, und an ihre Stelle im Pancake Castle und daß sie nachmittags nach Hause kam und ich glücklich und gut versorgt war.

»Und wie lauten die Bedingungen?«

Sie fühlte seinen Seufzer. Sie fühlte seinen warmen Atem über ihren nackten Bauch streichen. »Ich mag dich«, sagte er. »Ich mag auch Cedar. Aber Leah darf es nicht erfahren. Es muß Schluß sein, bevor sie nach Hause kommt.«

Mama dachte an den kaputten Bus in der zehn Kilometer entfernten Werkstatt. Sie dachte an Geld. Sie dachte an das Wohnen ohne Miete. Sie dachte an Daniels Hemd, das ich trug, mit dem Rücken nach vorn, und von Farbe bespritzt. Sie hakte diese Punkte im Geiste ab, wie Dinge, die man erledigen muß, und dann sagte sie ihm, sie würde bleiben, und sie schliefen wieder miteinander.

Vielleicht waren Mama und Daniel so lieb zueinander, weil ihre Tage gezählt waren. Jeden Abend hörte ich, wie sie lachten, redeten und sich liebten, und das war eine schöne Geräuschkulisse zum Einschlafen.

Mama sagt, so habe es sich abgespielt. So sei es gekommen, daß wir zusammengeblieben und zu dem Haus zurückgekehrt sind, in dem ich geboren wurde.

Drei Tage vor Leahs Ankunft, zwei Tage vor unserer Abreise, war der Bus fertig und bezahlt. Mama und Daniel spielten Scrabble. Mama sei am Gewinnen gewesen. Sie ging aus dem Zimmer, weil sie pinkeln mußte und weil sie noch Bier holen wollte. Bei ihrer Rückkehr lagen die Worte »Ich liebe dich« auf dem Brett. Sol habe nie zu ihr gesagt, daß er sie liebe. Er habe ihr versichert, sie sei schön, er wolle, daß sie die Mutter seines Kindes werde, und sie würden für immer zusammen in den Wäldern leben, aber er habe nie gesagt, daß er sie liebe.

»Nicht daß es einen Unterschied gemacht hätte«, fügt sie dann rasch hinzu.

Doch da stand es, in Taos, New Mexico. »Ich liebe dich«, in kleinen Holzbuchstaben. Und in jener Nacht überlegten sich Mama und Daniel, ob sie nicht ihr Leben zusammen verbringen sollten.

»Ich will hier weg«, sagte Daniel zu ihr. »New Mexico. Ich will weg aus New Mexico.«

Mama erzählte ihm von dem Haus, das sie in North Carolina verlassen hatte, das Haus, das wenig Miete kostete und bunte Böden hatte. Und daß es vielleicht leer war, was aber nicht sicher war.

»Willst du zurück?« fragte Daniel.

»Cedar liebte es und ich auch. Aber was machen wir, wenn er noch dort wohnt?«

»Kannst du dir wirklich vorstellen, daß er dort einen Winter ohne dich ausgehalten hat?«

Niemand habe ihr jemals eine komischere Frage gestellt. Dabei habe sie so auf der Hand gelegen, daß sie sich wundere, warum sie nicht von selbst darauf gekommen sei.

»Wir könnten mit Woody und Elaine zusammenziehen«, sagte Mama. »Sie wären genau die richtigen. Sie heizen mit Holz. Wenn sie noch da sind«, fügte sie hinzu.

Eigentlich kannte meine Mutter diese Leute gar nicht richtig. Als sie noch an der Uni war, hatte sie die beiden kurz kennengelernt, durch einen Mann, mit dem sie damals eine Weile ausging. Sie hatten einmal bei Woody und Elaine zu Abend gegessen. Mama bekam mit, daß Elaine webte und Woody töpferte. Sie hatte auch die Kinder kennengelernt, die ihre Eltern beim Vornamen nannten, und sie hatte ihre Füße auf den Steinboden vor dem warmen Ofen gestellt und Glühwein getrunken. Elaine gab Mama damals ihre Telefonnummer auf einem Stück Papier und bat sie, doch mal anzurufen. Das tat Mama. Ein Jahr nach meiner Geburt, ein zweites Mal ein Jahr später und dann wieder aus New Mexico. Die Hütte, in der Elaine und Woody wohnten, war so undicht wie ein Sieb, sie war zu klein, und die beiden waren auf der Suche nach einer neuen Behausung.

Aus den Überlegungen wurde ein fester Plan. Mama würde Woody und Elaine anrufen, wenn sie in North Carolina in dem Haus mit den bunten Böden ankamen. Zwischenzeitlich würden

Elaine und Woody mit dem Packen beginnen. Wir würden eine Kommune aufmachen. Ich würde mir das Dachgeschoß mit zwei Kindern namens Norther und Roxy teilen. Wir würden die Arbeit gemeinsam erledigen. Das Leben wird sehr einfach, versicherte mir meine Mutter.

So kam es, daß wir New Mexico verließen. Ich weiß nicht, ob Daniel sich je von Leah verabschiedet hat. Vermutlich dachte er über das Leben, das er hinter sich ließ, nicht nach. Leah, die dunkelhaarige Frau auf der Schwarzweißfotografie, kam wahrscheinlich nach Hause, lebendig und in Farbe, und fand nur Daniels leeres Atelier vor; ihre Liebe war auf mysteriöse Weise verlorengegangen. Leah würde durch das Haus wandern, mit den Händen an den Lehmziegelwänden entlangfahren und Daniels Namen rufen. Irgendwann würde sie Daniels Bilder im Atelier, wo ich geschlafen hatte, von der Wand nehmen. Je nachdem, wie lange sie dort gehangen hatten, wäre die Wand um die leeren Stellen verblaßt, und gleichgültig, wie sie die Wand neu dekorierte, die leeren Stellen würden für immer bleiben.

Fünftes Kapitel

Heimkehr nach Two Moons

An einem frühen Nachmittag im August, dem Tag nach meinem fünften Geburtstag, regnete es in Strömen, als wir die Brücke über den Haw überquerten und uns den alten holprigen Feldweg hinauf begaben. Mama fuhr vor, Daniel folgte. Die Scheibenwischer klatschten geräuschvoll hin und her, hin und her. Ich versuchte, auf der Matratze das Gleichgewicht zu halten, und beobachtete Daniel.

»Er bleibt bestimmt stecken«, sagte ich.

Mama wich scharf einer Pfütze aus, und ich fiel zur Seite. Als ich wieder auf den Füßen stand, fragte Mama: »Ist er noch hinter uns?«

»Ich kann ihn nicht mehr sehen.«

»Anhalten ist unmöglich«, sagte Mama und pflügte durch die Pfützen.

»Da kommt er«, sagte ich.

Ich sah die Motorhaube von Daniels blauem Falcon in der letzten großen Kurve des Weges. Mama nahm keine Sekunde den Fuß vom Gas. Wir fuhren quer über den Hof. Das nasse Gras streifte an den Seiten unseres Busses entlang.

Der Regen prasselte nieder. Die Blätter in den Wäldern glänzten leuchtendgrün, und ich erinnere mich daran, daß alles, auch das Haus, zu glühen schien.

Wir sprangen aus dem Bus, rannten zur Veranda und warteten dort auf Daniel. Der Regen donnerte auf das Blechdach.

»Ist das laut!« schrie ich.

Mama lächelte. »Ist es nicht großartig!« schrie sie zurück. Auch Mama sah aus, als glühte sie. Sie blickte in die Höhe und holte tief Luft. »Es riecht gut hier.«

Der blaue Falcon kam über die Hügelkuppe und überquerte den Hof. Vor dem Haus kam er zum Stehen, und Daniel sprang heraus. Die Augen weit aufgerissen, sank er auf den Stufen nieder und fuhr sich mit den Händen durchs Haar. »Ich habe gedacht, das schaffe ich nie.«

Mama lachte. »Das war noch gar nichts.«

»Wenn du da sitzen bleibst, wirst du naß«, sagte ich zu ihm.

»Wer in Dreiteufelsnamen hat diesen Weg gebaut? Solche Kurven habe ich in meinem ganzen Leben noch nicht gesehen.«

»Kurven? Und die Rinnen?« fragte Mama.

Da fiel mir ein: »Wir haben zwei Monde.« Mama hatte mich über die Kurven aufgeklärt und wie sie einen täuschen, so daß man glaubt, es gebe zwei Monde. »Das ist der einzige Ort in Chatham County, der zwei Monde hat.«

Daniel erhob sich und stieg zur Veranda hinauf, wo es trocken war. Das Wasser tropfte ihm aus dem Haar und lief ihm in die Augen. »Zwei Monde?«

»So heißt dieses Haus«, antwortete ich. Ich hing am Geländer und versuchte mit dem Mund die Regentropfen aufzufangen.

»Sol gab ihm den Namen«, sagte Mama leise, als wolle sie seinen Namen nicht erwähnen. »Die Kurven auf der Auffahrt. Man sieht den Mond auf der linken Seite, wenn man unten losfährt, später sieht man ihn rechts liegen. Sol hat Cedar gesagt, wir seien der einzige Ort in Chatham County mit zwei Monden. Das war, kurz bevor wir wegfuhren.«

»Ist Sol da?« fragte ich. Niemand hatte mir gesagt, daß er nicht hier sein würde. Und niemand gab mir eine Antwort auf meine Frage. Ich rannte die Stufen ins Haus hinauf. Drinnen war es dunkel. Ich wollte das Licht anknipsen, aber die Elektrizität war natürlich abgestellt. Ich stand im Eingangsflur und wartete, daß sich meine Augen an das Dämmerlicht gewöhnten.

»Sol?« flüsterte ich. »Sol?«

Ich machte ein paar Schritte ins Wohnzimmer. Meine nassen Füße hinterließen Spuren in der Staubschicht des Regenbogenfußbodens. Die Abdrücke unserer Hände an der Wand über dem Kaminsims waren braun verschmiert. Stereoanlage und Lautsprecher waren verschwunden. Nur ein kleines Stück Golddraht schlängelte sich auf einem roten Dielenbrett.

»Sol?« flüsterte ich erneut.

»Sol ist nicht da«, ertönte die Stimme meiner Mutter vom Flur her. »Ich dachte, du hättest das gewußt.«

In der Nähe des Fensters lag ein Plattenalbum. Es war *Layla* von Derek and the Dominoes. Ich nahm es in die Hand, und aus dem Rücken rieselte Marihuana auf den Boden. Da fiel mir ein, daß mein Vater dieses Album jeden Abend gehört hatte und dann auf dem Sofa eingeschlafen war. Das Kratzen der Nadel in der letzten Rille hatte mich immer geweckt. Schrapp, schrapp, schrapp. Ich erinnerte mich auch noch an das Lied »Layla«. Sol sang es mir immer vor. Dabei fiel er auf die Knie, das Gesicht verzerrt vom Schmerz einer unerwiderten Liebe.

»Du bist doch nicht etwa davon ausgegangen, daß Sol hier ist?« wollte meine Mutter wissen.

Ich zuckte nur mit den Achseln, ließ die Albumhülle auf den Boden fallen und sah mich um. Die Polsterung des Sofas quoll heraus bis auf den Teppich. Der Couchtisch war umgekippt. Bierdosen und leere Zigarettenpapier-Packungen und Kippen bedeckten den Boden. Mittendrin thronte ein Haufen menschlicher Scheiße.

Ich wanderte in die Küche. Geschirr und Töpfe waren verstreut, als hätte sie jemand gegen die Wände geschleudert. Die Stühle lagen kreuz und quer herum. Aus dem Mülleimer quollen zusammengeknüllte Zigarettenschachteln und noch mehr Bierdosen. Der Küchenheiligen, die mein Vater so sorgfältig gemalt hatte, fehlte ein Stück Nase. Neben ihr baumelte der Telefonhörer an der Wand. Hinter dem Küchenherd standen zwanzig leere Milchflaschen.

Ich ging in mein einstiges Zimmer. Es war unverändert. Der Schreibtisch stand noch immer schräg – genau an der Stelle, wo ich versucht hatte, ihn aus dem Raum zu ziehen. Der Teppich war zusammengerollt, und meine Kleider schauten an den Seiten heraus. Ich rückte den Schreibtisch an seinen Platz, stieß den Teppich mit dem Fuß auf. Ein schimmelig-feuchter Geruch machte sich breit.

Daniel und Mama waren mir durch das Haus gefolgt und standen in der Tür.

»Nun kann ich mein Mobile wieder aufhängen«, sagte ich und schaute zur Decke hoch, wo der Nagel noch immer im Holz steckte.

»Der Krebs ist kaputt«, sagte Mama. »Weißt du noch? Du hast darauf geschlafen.«

»Ach ja.«

»Cedar.« Mama hockte sich vor mich und

nahm meine Hände. »Es wird nicht so sein wie früher. Es wird sehr viel besser sein.«

»Ich habe meinen Malblock hiergelassen«, erwiderte ich, schob Mama weg und lief an Daniel vorbei auf die hintere Veranda. Sie war leer, nur der Regen fiel auf die verblaßten Abdrücke von Tommys Schuhen. Ich sah hinüber zum Plumpsklo. Die orangefarbene Verlängerungsschnur schwang sich noch immer von Baum zu Baum. Der Pfad war nur mehr eine schlammige, rutschige Spur im Gras. Ich ließ mich mit dem Rücken an der Hauswand hinuntergleiten. Der Regen hatte nachgelassen. Er fiel nun gleichmäßig plätschernd. Hinter mir konnte ich hören, wie Mama und Daniel sich darüber stritten, wer den Haufen im Wohnzimmer entfernte.

»Das ist meine Sache«, argumentierte meine Mutter. »Er war schließlich mein Freund.«

»Hast du denn von seiner Scheiße noch immer nicht genug?« fragte Daniel. Mama mußte kichern. Ich wußte, daß sie sich danach umarmten und daß die Stille einen Kuß bedeutete. Es dauerte nicht lange und Daniel kam heraus, um mich zu fragen, wo die Schaufel sei.

»Da drüben«, sagte ich, auf den Steinkreis deutend. »Da ist meine Plazenta begraben. Da lag die Schaufel.«

»Die Geschichte von der Plazenta kenne ich«, sagte Daniel. Er ging über den Hof und kam mit der rostigen alten Schaufel zurück. Nach kurzer Zeit tauchte er mit der Scheiße auf der Schaufel auf. Ich folgte ihm zum Plumpsklo und sah zu, wie er den Haufen in das Loch warf. Der Regen wurde wieder heftiger.

»Wir könnten rennen«, schlug ich vor und sah hinüber zum Haus.

»Laß uns warten, bis es vorbei ist.« Daniel setzte sich auf den geschlossenen Toilettendeckel und zündete sich eine Zigarette an. »Ich wollte dich etwas fragen«, sagte er. »Welchen Rat würdest du mir geben? Wie komme ich am besten mit deiner Mutter klar?« Er machte einen Fischmund und blies dicke graue Rauchringe in den Regen.

»Im Winter mußt du unbedingt immer das Feuer im Herd schüren«, sagte ich.

»Sonst nichts?«

»Mama haßt die Kälte.«

Daniel blies noch mehr Rauchringe. Sie zerfielen in Stücke, wenn sie an die Wand stießen oder von den Regentropfen getroffen wurden.

»Bringst du mir bei, wie man Rauchringe macht?« fragte ich.

»Nein, dafür bist du noch zu jung.«

»Hättest du Lust, ein Schild zu machen?«

»Was für ein Schild?«

»Willkommen in Two Moons.«

»Zuerst muß ich deiner Mutter beim Saubermachen helfen.«

Ich nickte und kuschelte mich in seine Armbeuge. Wir sahen durch die offene Tür in Richtung Haus. Mama trat heraus. In der Hand hielt sie einen Topf. Sie stand auf der Veranda und rief uns.

»Wir sind hier drin«, schrie Daniel zurück.

Mama schaute durch den Regen und winkte. Sie tauchte den Topf in das Wasserfaß am Rand der Veranda. Als wir zum Haus zurückkamen, stand sie auf einem Stuhl vor dem Herd und schrubbte den braunen Fleck an der Wand weg. Ihr Lappen verschmierte die Farbe. Als Mama sah, daß die Abdrücke unserer Hände und die Namen abgingen, schrubbte sie noch fester. Ich beobachtete, wie sich die Muskeln ihrer Schultern und Arme anspannten, als sie schrubbte und schrubbte. Sie beugte sich vornüber, tauchte den Lappen in den Eimer, bis das Wasser dreckig war und die Abdrücke unserer Hände und die Namen verschwunden waren. Auf der schäbigen Holzwand war nur mehr ein weißer Fleck zu sehen. Doch Mama hörte noch immer nicht auf. Sie rieb noch fester als zuvor. Vielleicht war da etwas, das ich nicht sah.

Sechstes Kapitel

Elaine, Woody und die Kinder

Meine Mutter sagt, idyllisch sei es nicht gewesen. Am allerersten Tag hätten sie und Elaine sich gestritten. Es ging um die Töpfe und Pfannen und wo sie in der Küche hängen sollten. Mama war der Meinung, sie sollten da hängen, wo sie immer gehangen hatten, also an den Küchenwänden, wo zufällig ein Nagel war. Elaine bestand darauf, sie über den Herd zu hängen. Heute weiß Mama nicht mehr, warum sie sich überhaupt gestritten hat. Es sei schießlich nur darum gegangen, noch ein paar weitere Nägel einzuschlagen. Natürlich habe Elaine recht gehabt. Töpfe und Pfannen gehörten über den Herd.

Ich habe ganz andere Erinnerungen an die Ankunft von Elaine, Woody und den Kindern. Für mich ist das der Tag, an dem Daniel und ich den Hügel hinunterwanderten, um unser neues Schild aufzuhängen. Und der Tag, an dem wir die Post vergruben.

Das Schild hatten wir am Tag zuvor aus einem alten Brett gebastelt, das wir aus einer Scheunenwand gezogen hatten. Auf die eine Hälfte hatte Daniel einen immergrünen Baum gemalt, dahinter einen dunkelblauen Himmel mit zwei sich überlappenden Monden. Auf der anderen Hälfte hatte ich seine säuberlich vorgezeichneten Buchstaben nachgezogen: »Willkommen in Two Moons – Anfänger bitte aussteigen und zu Fuß gehen.« »Aussteigen und zu Fuß gehen« war Daniels Idee gewesen. Er hatte fast sechs Wochen gebraucht, bis er sich wieder traute, den Feldweg hinunterzufahren.

Daniel nagelte das Schild an einen Baum hinter dem verbeulten blauen Briefkasten. Den staubigen Packen Briefe und Rechnungen entdeckte ich.

»Hier ist die Post«, sagte ich.

Daniel nahm sie entgegen und sah sie kurz durch. »Albert Masey, Albert Masey, Albert Masey, Sara Russel, Albert Masey«, murmelte er.

»Wer ist Albert Masey?« fragte ich.

»Das war Sols wirklicher Name. Dein Vater, Cedar. Ich kann mir nicht vorstellen, daß deine Mutter das Zeug im Haus haben will. Ich glaube, wir sollten es vergraben.«

»Womit?«

»Dann legen wir es unter einen Stein.«

»Mir soll es recht sein.« Ich zuckte mit den Schultern. Damals kam mir das nicht sonderlich seltsam vor. Ich bin sicher, wenn Sol dagewesen wäre, hätte er den ganzen Packen einfach in den Müll geworfen.

Daniel schob einen Ast unter einen großen Felsbrocken, um ihn anzuheben. Ein Jahr später saßen Norther und ich tagtäglich Rücken an Rücken auf diesem Stein und warteten auf den Schulbus. Eines Tages erzählte ich ihm von den Briefen an meinen Vater. Wir versuchten, den Felsen wegzurollen, schafften es aber nicht.

Ich weiß noch genau, wie dieser Felsbrocken aussah. Ich erinnere mich an die Kuhlen, in denen man perfekt sitzen konnte. Ich erinnere mich auch noch daran, wie kalt sich der Stein durch meine Kleider hindurch anfühlte, während ich auf den Schulbus wartete.

Daniel buddelte mit dem spitzen Ende seines Hammers ein Loch. Die Ameisen flüchteten in alle Himmelsrichtungen, auch seine Arme hinauf. Daniel streifte sie mit der Hand ab. Er legte die Briefe in das Loch und schob mit seinem Fuß den Felsbrocken wieder an seinen alten Platz.

»Hier liegen nun meine Plazenta und die Post meines Vaters begraben«, sagte ich.

»Wie macht sich das Schild?« wollte Daniel wissen, als er sich wieder aufgerichtet hatte.

»Gut.«

»Gehen wir es bewundern.« Daniel legte die Hand auf meine Schulter und führte mich vom Felsen weg.

Genau in diesem Augenblick erschienen Woody und Elaine in ihrem roten Lastwagen auf der Bildfläche. Ihre Habseligkeiten türmten sich auf der Ladefläche. Ich konnte deutlich die Matratzen, Stühle und Bettgestelle erkennen. Dazwischen steckten zwei Kinder. Der Lastwagen flitzte an uns vorbei und kam dann mit einem Kreischen zum Stehen. Der Fahrer beugte sich aus dem Fenster. In der einen Hand hielt er seinen abgewetzten Hut, mit der anderen schob er sein blondes Haar aus dem Gesicht.

»Hallo«, schrie er in unsere Richtung. »Bist du Daniel?«

»Du mußt Woody sein«, schrie dieser zurück.

Woody stellte den Motor ab und stieg aus. Ich sehe noch, wie Daniel sich leicht vorbeugt, als er Woody die Hand gibt. Vorher hatte er die Hände an seinen Jeans abgewischt. Er wollte den Schmutz von dem umgewälzten Felsen und der vergrabenen Post eines anderen Menschen entfernen.

Elaine war klein und freundlich, ganz wie meine Mutter sie mir beschrieben hatte. Ihre Zöpfe waren dunkelbraun, und sie trug eine Nickelbrille, die beim Lächeln die Nase hochrutschte. Wenn ich an Elaine denke, fällt mir automatisch ihr ausgestreckter Finger ein, mit dem sie immer ihre Brille herunterschob.

Den ganzen Weg von New Mexico nach North Carolina hatte mir meine Mutter diese Menschen beschrieben. Den ganzen Weg von Leahs Lehmziegelhaus bis zur Auffahrt von Two Moons hatte Mama nur von Woody und Elaine und deren Kindern Norther und Roxy gesprochen. Sie hatte sie vor Jimmies Tod kennengelernt, bevor sie Sol kannte und noch bevor sie die Uni verließ – bevor eine ganze Menge geschehen war, zumindest klang es so. Sie hatte mir von Elaines Webstuhl, Woodys Töpferscheibe und den beiden Kindern erzählt, mit denen ich das Dachgeschoß teilen würde. Und als wir mit Daniel im Schlepptau den Haw überquerten, sagte sie: »Endlich werden wir mit vernünftigen Menschen zusammenleben. Woody und Elaine wissen, wie man ein Haus warm hält.«

Wenn ich an Norther zurückdenke, fällt mir als erstes seine Größe ein. Er war ungefähr so groß wie ich. Seine jüngere Schwester Roxy war klein und zierlich wie ein Vogel. Als ich sie zum erstenmal sah, war ihr langes braunes Haar vom Fahrtwind verfilzt. Norther und Roxy sprangen vom Lastwagen und kamen zu mir herüber.

Daniel gab mir einen Stups. »Das ist Cedar«, sagte er.

»Kann man hier irgendwo baden?« fragte Norther.

»Wir haben einen Bach«, antwortete ich. Ich trat einen Schritt zurück und lehnte mich an Daniels Schenkel.

»Wir könnten ihn stauen«, sagte Roxy und nickte Norther zu. »Einen Teich machen.«

»Da fehlt noch was«, rief Elaine plötzlich aus. Sie meinte unser Schild. Sie ging zurück zum Lastwagen und zog einen alten Gummistiefel aus dem Durcheinander, dann einen Hammer und einen Nagel. Elaine bückte sich und tauchte den Stiefel in eine Pfütze.

»Nagel das doch mal für mich an«, bat sie Woody. »Ich komm da oben nicht dran.«

»Ich habe die Stiefel doch gerade erst bei Goodwill gekauft«, maulte dieser, nagelte den Stiefel aber dennoch an, gerade über das Schild. Dabei fiel sein Hut runter. Er hob ihn auf und schüttelte den Staub ab.

»Pflückt mir ein paar von den Blumen«, sagte Elaine zu ihren Kindern und deutete auf die Goldruten am Straßenrand.

»Komm, Cedar«, sagte Norther und faßte mich an der Hand. »Wer von uns kann schneller pflükken?« Ich folgte ihm schüchtern. Roxy plapperte vor sich hin, daß sie mehr pflücken könne als ich. Norther gab mir immer wieder seine Blumen.

Wir reichten Elaine unsere Sträuße. Sie gab sie an Woody weiter und der steckte sie in den Stiefel. Solange wir in Two Moons lebten, sorgte Elaine dafür, daß immer etwas den Gummistiefel schmückte. Im Frühling und im Sommer Blumen, im Herbst ein rotgelber Blätterstrauß, im Winter glänzendgrüner Ilex mit leuchtendroten Beeren.

Auch der andere Stiefel fand Verwendung. Ich

sehe ihn noch in der Regentonne herumschwimmen. Wir benutzten ihn, um Wasser auf die Kräuter zu gießen, die Elaine in Kaffeedosen auf der hinteren Veranda zog.

Woody bot an, uns den Hügel hinauf mitzunehmen. Daniel quetschte sich in das Führerhaus und warnte Woody wortreich, unter keinen Umständen stehenzubleiben. Ich kletterte mit Norther und Roxy nach hinten. Wir saßen zwischen den Decken und den Stühlen, die mit den Beinen nach oben ragten oder auf der Seite lagen. Betten und ein Zelt, Töpfe, Pfannen und Geschirr klapperten. Woody fegte den Hügel hoch, er verminderte an keiner Stelle die Geschwindigkeit. Trotz meiner Schüchternheit mußte ich lauthals lachen, als wir durch ein Schlagloch fuhren und Norther wie eine riesige Stoffpuppe in die Höhe geschleudert wurde. Eine Kiste mit Geschirr schlidderte quer über die Ladefläche und krachte an die Seitenwand. Roxy lachte los. Schlamm klatschte an den Seiten hoch, und wir wurden völlig bekleckert. Das war die erste von zahlreichen Fahrten mit dem Lastwagen. Oben am Haus angekommen, musterte uns Elaine und befahl uns, zum Bach zu gehen und uns zu waschen.

Am Abend waren wir drei gute Freunde, und Two Moons war wie verwandelt. Der Lastwagen war abgeladen und mein Bett im Dachgeschoß aufgestellt, neben dem von Norther und Roxy. Mamas Geißblattkörbe waren nun in einem der Nebengebäude untergebracht. Elaines großer Webstuhl stand im Wohnzimmer vor dem Kamin, Woodys Töpferscheibe in einem anderen Nebengebäude. Woody verbrachte Stunden damit, mit Hilfe von Stöcken die genaue Stelle zu markieren, wo er den Brennofen errichten würde. Die Küche war perfekt aufgeräumt, die Töpfe und Pfannen hingen an der Wand über dem Herd, auf dem Reis und Bohnen in einem Topf blubberten.

In jener Nacht wurde ich zur Vegetarierin. Elaine duldete kein Fleisch im Haus, und sie kochte fast immer das Essen. Jeden Tag stand ein neues leckeres Gericht auf oder im Herd, an manchen Tagen sowohl auf als auch im. Unter Elaines magischen Händen erwachte die Küche zum Leben. Ehrlich gesagt, ich vermute, daß Mama ein wenig eifersüchtig wurde, auch wenn sie mit vernünftigen Leuten zusammenleben wollte. Es duftete immer nach Elaines Plätzchen, Gemüseeintöpfen oder Bohnen und Brot. Jahre später nannte ich unsere Kommune im Scherz »Zwei Mütter«.

Ich versuchte den Brotteig beim Gehenlassen zu beobachten. Am Küchentisch sitzend, sah ich erst Elaine beim Kneten zu. Wenn sie fertig war, legte sie den Kloß in ihre große gelbe Schüssel mit den blauen Streifen am Rand. Dann deckte sie sie mit einem Tuch zu, und ich wartete, auf die Schüssel starrend. Natürlich langweilte ich mich und ging schließlich nach draußen. Kam ich zurück, war die Küche bereits wieder sauber. Auf

der Fensterbank ruhten drei dicke Laibe, und aus dem Wohnzimmer war das Quietschen von Elaines Webstuhl zu hören.

Das Wetter wurde kälter. Daniel und Woody hackten und stapelten den ganzen Tag Holz. Der Stoß wurde immer höher. Jeden Tag dachte ich, das reicht jetzt wohl für den Winter, doch jeden Tag sägten und spalteten und stapelten sie noch mehr Holz. Wochenlang konnte ich das Summen von Woodys Kettensäge im Wald hören, dann den Schlag von Daniels Axt. Der Holzstapel begann als Stoß zwischen zwei Bäumen. Von dort wuchs er weiter zu einem weiteren Stoß zwischen zwei anderen Bäumen, und danach wurde er noch ein Stück länger. Woody und Daniel deckten die Holzstapel mit alten Zinkplatten, Plastiktischdecken und Duschvorhängen ab, die sie in Billigläden fanden. Sie bedeckten das Holz mit allem, das es ihrer Ansicht nach trocken halten würde.

Norther, Roxy und mir fiel die sehr wichtige Aufgabe des Anfeuerholzsammelns zu. Trockenes Anfeuerholz. Wir verbrachten zwei Tage damit, die Wälder nach morschen Zweigen zu durchkämmen. Wir schleppten sie auf den Hof und brachen sie klein, damit sie in den Ofen paßten. Dann stapelten wir sie gegen die Rückwand der Küchenveranda, genauso ordentlich wie die Holzscheite.

Sobald es kälter wurde, sahen wir regelmäßig nach dem Anfeuerholz und ersetzten, was verbraucht worden war. Norther war geradezu vom Wetter besessen, und wenn Regen angesagt wurde, sammelten wir die doppelte Menge Anfeuerholz.

Gegen Ende September war der Holzstoß so gewachsen, daß er im Zickzack über den Hof verlief, von Baum zu Baum, wie bei dem Spiel in meinem Malbuch, wo man Punkte verbinden mußte. Daniel und Woody hatten die Fenster von außen mit Plastikfolie verkleidet. Ich fand es deprimierend, daß uns der Blick ins Freie genommen war.

»Es wird wärmer sein«, antwortete Mama auf mein Nörgeln. Sie legte mir die Hand auf den Kopf. »Wir müssen alles nutzen.«

Mama haßte es zu frieren, und die Temperaturen bewegten sich inzwischen ständig unter Null. Die Küche war nun vom Rest des Hauses abgetrennt. Ich gewöhnte mich daran, regelmäßig an dem Tisch aus Sägeböcken und Planken zu essen und das Dachgeschoß mit Norther und Roxy zu teilen. Und auch an Elaines perfekt abgeschmecktes Essen gewöhnte ich mich.

Eines Abends waren wir wieder einmal mit unserer Mahlzeit fertig. Der Tisch stand voller Teller und Schüsseln, zusammengeknüllte Servietten lagen herum. Woody ging nach draußen, um Brennholz zu holen. Beim Betreten des Hauses folgte ihm die kalte Luft durch die Hintertür. Ich fühlte den Zug über meinen Rücken streichen, und ich hörte, wie Woody die Tür zutrat

und die Scheite auf den Boden plumpsten. Danach ertönte das vertraute Quietschen der Ofentür.

»Heute nacht ist es kalt«, sagte Woody.

»Rekordtief«, antwortete Norther.

»Ach ja?«

»Laut Tom French auf Kanal Fünf.«

Elaine schob ihren Stuhl zurück und stand auf.

Da streckte Mama ihren Arm aus, die Handfläche nach unten. »Setz dich wieder hin«, sagte sie. »Ich möchte euch etwas mitteilen. Woody? Kommst du mal zu uns rüber?«

Woody schlug klappernd die Ofentür zu und setzte sich zu uns an den Tisch. Mama nahm Daniels Hand in die eine und meine in die andere Hand. »Ich bin schwanger«, sagte sie.

Plötzlich waren alle auf den Füßen, um Mama um den Hals zu fallen. Doch Daniel kam ihnen zuvor. Er legte seine Arme um Mama und drückte sie an sich. Danach schloß er mich in seine Umarmung mit ein.

An jenen Abend erinnere ich mich gut. Ich höre noch die Geräusche von Mama und Elaine beim Geschirrspülen in der Ecke, höre den leisen vertraulichen Ton ihrer Unterhaltung. Ich weiß noch, daß ich auf Daniels Schoß eingeschlafen bin, während er *Winnie the Pooh* vorlas. Daniel trug mich nach oben und brachte mich zu Bett. Und nie werde ich die weißen Wölkchen meines Atems in der kalten Luft des Dachgeschosses vergessen.

Siebtes Kapitel

Daniel

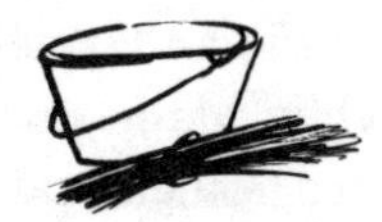

Die Telefonnummer von Margaret, der Hebamme, stand praktischerweise noch immer auf der Wand zwischen dem Telefon und der Küchenheiligen, und Mama rief Margaret am nächsten Tag an. Sie besuchte uns in der darauffolgenden Woche in Begleitung zweier Helferinnen. Margarets Haar war zu langen Zöpfen geflochten, die fest um ihren Kopf gewickelt waren, genau so, wie Mama es stets beschrieben hatte.

Sie umarmte meine Mutter. Dann kam sie zum Tisch und setzte sich neben mich. »Hallo, Cedar«, begrüßte sie mich. »Ich bin Margaret. Ich habe dir auf die Welt geholfen.« Sie zog mich an einem meiner Zöpfe und lächelte. Sie breitete ihre Hände auf dem Tisch aus wie eine Zauberin, und dann begann sie Mama und Daniel zu befragen. Am meisten Gedanken schien sie sich um die Fahrtüchtigkeit unserer Autos zu machen, den Zustand unserer Auffahrt und ob wir vorhatten, direkt nach der Entbindung eine Party zu geben. Mama und Daniel versicherten ihr immer wieder, daß wir keineswegs derartige Absichten hegten.

Elaine sagte mir, schwangere Frauen erglühten. Ich nahm deshalb Mama mit in ein dunkles Zimmer und schloß die Tür hinter uns, aber Mama erglühte kein einziges Mal. Mir kam Mama vor wie immer. Doch irgend etwas an Daniel veränderte sich. Er verliebte sich in Mamas Bauch. Er gab Mama den Spitznamen Kanga und nannte das Baby Roo. Ich erinnere mich, wie er die Hände um seinen Mund legte, sich eng an Mamas Bauch schmiegte und fragte: »Hallo, Rooooooo. Wann kommst du da raus?« Mama lachte und legte ihre Hand auf Daniels schwarze Locken, während er sich an sie lehnte. Ich erinnere mich auch daran, wie Daniel eines Tages mit Woodys Lastwagen die Auffahrt raufgepflügt kam und einen alten orangefarbenen Schaukelstuhl und eine Kinderwiege mitbrachte.

Er verbrachte ganze Monate damit, auf der mit Zeitungen ausgelegten Veranda in gelben Gummihandschuhen dickes blaues Abbeizmittel auf das orangefarbene Holz des Schaukelstuhls und der Wiege aufzutragen. Ich war dabei, wie er die oberste Schicht entfernte und auf eine rote stieß. Danach folgte gelb, grün, blau und wiederum rot, bis er endlich das Holz erreichte. Die Zeitungen waren längst durchgetreten, naß und voller Farbkleckse und Geschmier. Ich trat aus Versehen hinein und verewigte meine Fußspuren auf dem Küchenboden. Sie verliefen in entgegengesetzter Richtung zu Tommys roten.

Daniel schliff die verbliebene Farbe ab. Die Reste zwischen den Stäben entfernte er mit einer Zahnbürste. Dann ölte er das Holz liebevoll ein und schenkte die beiden Möbelstücke Mama.

Ich war Zeuge, wie Daniel und Woody die Wiege die Treppe hinauftrugen und an das Fußende des großen Eisenbettes stellten. Mama saß bereits im Schaukelstuhl. Sie strich mit der Hand über das feine glatte Holz und begann zu schaukeln. Ein elektrischer Heizofen glühte summend zu ihren Füßen. Das Haar fiel ihr über die Brüste und ruhte auf der Wölbung ihres Bauches. Daniel beugte sich zu ihr und gab ihr einen Kuß.

Ich stand an der Tür. Sie waren wie ein Bild, das ich gern gemalt hätte und in dem ich am liebsten gewohnt hätte.

Wenn wir über Two Moons sprechen, erinnert mich Mama immer wieder daran, daß es nicht vollkommen war. Sie sagt dann einfach: »Es war aber nicht perfekt«, und drängt mich, daran zu denken, wie kalt die Räume, außer der Küche, waren. Auch daran, wie unheimlich der nächtli-

che Weg zum Plumpsklo war, soll ich denken, und an die Mäuseködel hinter dem Geschirr.

An diese Dinge erinnere ich mich tatsächlich. Aber ich erinnere mich auch daran, wie der Winter verging, während Margaret uns regelmäßig besuchte, und wie Mamas Bauch immer dicker wurde. Ich erinnere mich an Weihnachten, an den schiefen Baum, der mit Keksen und Weihnachtsschmuck aus dem Billigladen behangen war. Daniel hatte den Weihnachtsbaum gefällt, mit löchrigen Arbeitshandschuhen. Ich wußte, daß ein neues Paar eingepackt unter meinem Bett versteckt lag. Ich erinnere mich an die kleine Katze, die Mama mir zu Weihnachten schenkte. Roxy gab ihr den Namen Bouncey. Ich erinnere mich an Lachen und gutes Essen, an das Klappern von Löffeln und Geschirr abends bei Tisch. Ich erinnere mich an die Bücher, die laut vorgelesen wurden, und wie wir alle um den bullernden Ofen saßen und ich meine Füße ausstreckte.

Mama hatte wieder damit angefangen, Ranken zu sammeln und sie auszukochen. Sie verkaufte ihre Arbeiten an einen Laden in der Stadt, der auch Elaines Webarbeiten und Woodys Töpferware nahm. Während der Wintermonate betrieb sie ihre Flechtarbeit mitten auf dem Küchenboden, die fertigen Produkte stapelte sie allerdings weiterhin im Nebengebäude. Im März war ihr Bauch so dick, daß sie sich kaum noch vornüberbeugen konnte, und sie hörte mit dem Flechten auf, bis das Baby geboren war.

»Sehr zu Elaines Erleichterung«, sagt Mama.

Elaine war nicht begeistert davon, daß Mama ihrer Flechterei mitten in der Küche nachging. Die Arbeit war naß und schmutzig. Mama tat es dennoch in der Küche, denn bei der Kälte hätte sie in keinem anderen Raum flechten können.

Während des Winters gab es keinen anderen Raum als die Küche. Dort drängten wir uns alle und gingen unseren verschiedenen Beschäftigungen nach. Elaine versuchte zu kochen, während Mama in einem Haufen Ranken und Wasser mitten auf dem Boden saß. Ich malte am Tisch. Norther sah den Wetterbericht auf dem kleinen Schwarzweißfernseher, der auf dem Hocker in der Ecke stand. Woody und Daniel brachten abwechselnd Ladungen von Holz herein, schürten das Feuer im Herd, siebten Dope oder rollten Joints am Tisch. Sie sprachen über den Frühling, wann er endlich anbrechen und ob das Holz reichen würde. Währenddessen saß Roxy am Ofen und hatte ein Musikbuch auf den Knien. Sie versuchte die Ukulele zu spielen, die sie zu Weihnachten bekommen hatte. Sie legte bedächtig ihre Finger auf einen Akkord, schlug und versuchte es wieder und wieder. Es gab Tage, da war ich sicher, daß Roxys Ukulele und Northers Fernseher und all das Geplapper in dem schwarzen Rand voll verschlüsselter Zeichen auf meinem Bild erschienen.

Vielleicht bezog sich meine Mutter auf die Enge, wenn sie sagte, Two Moons sei nicht voll-

kommen gewesen. Woody nannte es Hüttenkoller. Ich weiß nur, daß wir in alle Richtungen spritzten, wie zerspringendes Glas, sobald ein warmer Tag kam.

Vielleicht erinnert mich meine Mutter aber auch deshalb daran, daß es nicht vollkommen gewesen sei, weil Elaine in ihren Augen eine Perfektionistin war und meine Mutter sich in der Küche unwohl fühlte. Manchmal sagt sie auch, Woody sei überfreundlich gewesen. Er habe aus uralten Schuldgefühlen heraus gehandelt. Ständig habe er Fremde zum Essen angeschleppt. Manchmal blieben sie für mehrere Nächte in unserem Gästezimmer.

Daran kann ich mich erinnern – es waren immer wieder andere Leute, zu verschiedenen Zeiten, und niemanden lernten wir richtig kennen, mit Ausnahme von Topaz.

Topaz war eine von denen, die angeblich nur auf der Durchreise waren. Woody lernte sie im Co-op kennen. Ich weiß nicht, wie Woody es machte. Er traf die Leute und wußte nach wenigen Minuten, daß sie eine Bleibe suchten. Dann lud er sie zu uns nach Hause ein. Es geschah immer wieder. Das war eines seiner vielen Talente.

Topaz trat eine Woche vor der Geburt meiner Schwester in unser Leben. Es war April, und seit fast drei Tagen war die Luft weich und warm. Wir waren überzeugt, daß der Frühling gekommen war, rissen die Türen weit auf, wanderten im Haus umher und entfernten das Plastik von den Fenstern. Woody faltete es sorgfältig und stapelte es auf der hinteren Veranda. Ich sah ihm dabei zu. Ich erinnere mich an das Knistern und den Glanz der Morgensonne auf den Bogen.

Ich erinnere mich daran, wie Daniel Mamas Wassereimer ergriff, die Ranken in den Ecken der Küche zusammensuchte und in eines der Nebengebäude trug, obwohl Mama sagte, sie sei zum Flechten zu dick.

Er hängte ihre Baumscheren an Nägel, die er in die Wand schlug, und zimmerte ihr ein niedriges Holzbänkchen, damit sie nicht länger auf dem Boden sitzen mußte, wenn sie wieder Körbe flechten konnte.

Elaine verbrachte den Tag damit, den Garten zu planen und seine Umgrenzung mit Stöcken und Kordeln zu markieren. Sie malte eine Karte ins Erdreich, mit Bohnen, Tomaten, Zwiebeln, Erbsen und Karotten. Elaine wollte unbedingt mit dem Gärtnern anfangen, und sie bestand darauf, daß Woody noch am selben Tag mit dem Graben beginnt. Ich erinnere mich daran, wie ich Woody zusah. Er hieb in dem von der Schnur begrenzten Areal mit dem Pickel auf den Boden ein. Es entstand ein unebener brauner Abschnitt aus Erdklumpen in dem glatten grünen Gras. Bouncey hatte sich an den Rand gelegt, ihre beiden Vorderpfötchen auf der kühlen braunen Erde.

Ich wanderte den ganzen Vormittag von einer Beschäftigung zur anderen und verbrachte den

Nachmittag damit, mit Norther und Roxy unseren Bach zu stauen.

Den ganzen Winter über hatten wir Entwürfe gezeichnet und den riesigen Damm geplant, den wir bauen wollten. Mit dem Fortschreiten des Winters wurden unsere Pläne immer umfangreicher, und schließlich hatten wir sogar eine Liste aufgestellt, was in unserem Teich leben sollte: Schildkröten, Biber, Fische, Kaulquappen, Frösche und Meerjungfrauen.

Der Teich sollte an der breitesten Stelle des Baches entstehen, wo die geringste Strömung herrschte. Wir schleppten Steine ins Wasser und stapelten sie übereinander, stopften sie mit Blättern, Schlamm und Tannennadeln aus. Als wir fertig waren, hatten wir einen Tümpel geschaffen, der keinen Meter breit und mit schmutzigem Schlammwasser gefüllt war.

»Der ist ja noch nicht einmal so groß wie die Pfützen auf der Auffahrt«, sagte Roxy, die aus ganzem Herzen einen See wollte.

»Er wird größer, wenn es regnet«, entgegnete Norther.

»Ist Regen angesagt?«

»Nein. Diese Woche nicht.«

Wir kehrten schmutzig und müde nach Hause zurück, wie Woody, Elaine und Daniel. Nur Mama war sauber.

Die Abendluft wurde kühl, und wir schlossen alle Fenster und Türen. Woody zündete ein kleines Feuer an, damit wir baden konnten. Einer nach dem anderen rieben wir uns in der Zinkwanne ab. Niemand hatte gekocht, und so machten wir einen unserer seltenen Pizza-Ausflüge nach Chapel Hill.

Wir drängten uns um einen großen, mit einem roten Plastiktuch bedeckten Tisch. In den Abteilen um uns herum saßen lachende und schwatzende Studenten. Zwei Bierkrüge standen auf dem Tisch. Ich erinnere mich, wie der Schaum auf beiden Seiten der Krüge klebte, obwohl das Bier bereits ausgetrunken war. Auch an Daniels Schnauzer hing Schaum, und Mama wischte ihn mit einer Serviette ab. Woody gab uns ein paar Münzen für die Jukebox.

»Spielt was Gutes«, rief er, als Norther, Roxy und ich uns um die hell erleuchtete Maschine aufstellten.

Ich beobachtete, wie sich die Platten drehten und wie eine auf den Teller fiel. Der schwere Arm hob sich, schob sich in die richtige Position, und dann erzählte Janis Joplins rauhe Stimme von Bobby McGee.

Bei unserer Heimkehr wartete Topaz auf unserer vorderen Veranda, im gelben Licht der Insektenlampe.

Achtes Kapitel

Topaz

Das eine Bein unter den Po geklemmt, stieß Topaz die Verandaschaukel mit ihrem anderen Bein in einem verrückten, unregelmäßigen Rhythmus hin und her. Ihre Haut war olivfarben, das pechschwarze Haar fiel ihr bis auf die Schultern. Sie trug ein weißes T-Shirt mit V-Ausschnitt, das über ihrer Brust spannte, weizenfarbene Jeans und blaue Wildlederstiefel, die bis an die Knie reichten. Zwischen den Fingern hielt sie eine schlanke weiße Zigarette, von der sich ein dünner Rauchfaden in die Nachtluft erhob.

Regungslos sah sie zu, wie wir aus dem Bus stiegen. Sie wartete auf der Veranda und stieß die Schaukel in diesem verwirrenden Rhythmus.

Sie nahm einen Zug und ließ den dem Mund entweichenden Rauch in die Nase eindringen. Auch als Woody uns alle vorstellte, erhob sie sich nicht. Ihre Nägel waren makellos rot lackiert und fuhren wie ein Rechen durch die Luft, als sie »Hallo« sagte und uns sozusagen zuwinkte.

»Topaz ist ein schrecklich hübscher Name«, sagte Roxy. Sie starrte auf die blauen Wildlederstiefel.

Topaz folgte ihrem Blick. »Ich habe den Schlamm von diesem blöden Feldweg von meinen Stiefeln bürsten müssen«, sagte sie. »Ist ja auch egal, mein Name ist Topaz. Ich habe ihn mir selbst gegeben. Topaz heißt blau. Blau ist meine Lieblingsfarbe. Hast du eine Lieblingsfarbe?«

»Topas ist ein Halbedelstein«, informierte ich sie. »Und er ist gelb.«

Ich weiß nicht, woher sie ihre Information hatte. An jenem Morgen, ich malte gerade in meinem Zimmer, war Daniel hereingekommen, und ich hatte seine Nase mit dem Topasgelb auf meinem Pinsel angemalt.

»Blau ist aber meine Lieblingsfarbe«, sagte Topaz.

»Kobalt ist blau«, erwiderte ich.

»Ich bin müde«, ertönte Mamas Stimme hinter mir. »Ich gehe ins Bett.« Sie gab Daniel einen Gutenachtkuß und streichelte mir den Kopf. »Einen Kuß kann ich dir nicht geben, ich kann mich nicht mehr bücken«, sagte sie. »Ich bin zu dick.«

»Das Problem können wir lösen.« Woody hob mich in die Luft, damit ich Mama küssen konnte, und setzte mich dann sanft wieder ab. Mama watschelte ins Haus. Die Fliegentür fiel hinter ihr ins Schloß.

»Nur noch eine Woche«, hörte ich sie zu sich selbst sagen.

»Du kannst oben im mittleren Zimmer schlafen«, sagte Elaine zu Topaz und folgte meiner Mutter ins Haus. »Hast du Gepäck?«

»Ich habe meinen Koffer unten an der Auffahrt stehenlassen. Hilfst du mir, ihn zu holen?« blickte Topaz Daniel fragend an.

»Hoffentlich hast du einen Schlafsack«, sagte Woody. »Wir haben keine Laken übrig.« Auch er ließ die Fliegentür hinter sich zuschlagen und verschwand in der Dunkelheit des Hauses.

Norther, Roxy und ich standen auf der Veranda und beobachteten, wie Daniel die Beifahrertür seines Falcon für Topaz öffnete. Er wendete im Hof, und wir sahen zu, wie die roten Rücklichter im Wald verschwanden.

»Die ist vielleicht hübsch!« sagte Roxy.

Topaz schlief den ganzen Morgen und stand erst nach dem Mittagessen auf. Als ich an jenem Nachmittag am Gästezimmer vorbeiging, sah ich, daß sie Plakate aufgehängt hatte. Selbst von der Stelle oben an der Treppe, wo ich stand, konnte ich sehen, daß die meisten leicht schief hingen. Über das Fenster hatte sie ein Tuch drapiert, und ein kleiner Weihrauchkegel qualmte auf einer Bierdose. Topaz stand auf einem Stuhl und schraubte eine blaue Birne ein. »Hallo«, sagte sie, als sie mich erblickte. »Wie findest du das?«

»Deine Plakate hängen schief«, erwiderte ich.

Unten saß Woody am Tisch, trank ruhig eine Tasse Kaffee und rollte sich einen Joint. Hinter ihm klapperte Elaine geräuschvoll mit Töpfen und Geschirr.

»Auf der Durchreise, daß ich nicht lache«, murmelte sie. »Sie dekoriert das verdammte Zimmer!«

Ich nahm mir einen Apfel und ging ins Freie.

Roxy kam gerade den Pfad vom Plumpsklo entlang. »Topaz will mir helfen, meine Nägel zu lackieren«, sagte sie.

»Ich hätte dir auch helfen können«, sagte ich. »Daniel und ich haben zusammen jede Menge Farben.«

»Aber keinen Nagellack. Das ist nicht das selbe.«

Mama nahm Topaz gar nicht wahr. Mama war viel zu schwanger, um sich Gedanken um irgend etwas anderes als die Geburt zu machen. Sie watschelte durch das Haus, nahm keine Notiz von uns, sank auf Stühle, seufzte, wuchtete sich wieder in die Höhe, um eine kleine Sache zu erledigen, bevor sie wieder zu müde war.

Sie nahm es weder wahr, noch kümmerte es sie, daß Roxys Finger- und Zehennägel rot leuchteten. Doch mit Sicherheit entging es nicht Elaines

Aufmerksamkeit. Mama merkte auch nicht oder es war ihr egal, daß Topaz den Fernseher stahl und in ihrem eigenen Zimmer aufstellte. Sie bekam nichts von der Spannung zwischen Woody und Elaine mit, als Topaz ihre schiefen Plakate aufhängte. Und als Woody Topaz eines Abends beim Essen fragte, wie lange sie noch bleiben wolle, und Topaz sich beklagte, es sei zu laut im Haus, sie könne nicht dichten, schien Mama es nicht zu merken oder egal zu sein, daß Daniel Topaz anbot, eines der kleinen Nebengebäude in Ordnung zu bringen, damit sie eine Hütte zum Schreiben habe.

Mama konzentrierte sich auf eine einzige Sache – das Leben, das sie in sich trug. Jeden Abend sagte sie uns, daß sie bereit sei. Und wenn sie sich die Treppe hochwuchtete, um ins Bett zu gehen, sagte sie immer: »Vielleicht heute nacht.«

Daniel streichelte dann ihren Bauch und sagte: »Sara, sei geduldig. Das Baby braucht seine Zeit, um zu reifen.«

Und Mama raunzte ihn an. Sie war ganz entschieden soweit. Meine Schwester wurde während eines plötzlichen Schneesturms im April geboren, zwei Tage bevor sich der Todestag meines Onkels Jimmie jährte. Wir hatten keine Ahnung, daß es Schnee geben würde. Zwar hatten wir Topaz den Fernseher wieder abgenommen, doch sie hatte ihn sich zurückgeholt. Der Tag des Schneesturms war einer der Tage, an dem sie den Fernseher hatte, so daß wir den Wetterbericht versäumten. Wir wußten natürlich, daß es wieder kalt geworden war, und verfluchten die Leichtfertigkeit, mit der wir die Plastikplanen vor den Fenstern entfernt hatten. Wir zündeten wieder ein Feuer an.

Als ich ins Bett ging, war die Nacht noch klar, und der Vollmond stand am Himmel. Mama hatte am Vortag die Böden geschrubbt. Ich erinnere mich, wie ich aufwachte, weil ein Auto den Hügel hochgeschliddert kam. Die Scheinwerfer warfen Kreise auf die Zimmerdecke. Margaret war mit ihren Helferinnen in einem Lastwagen angekommen, der von ihrem Freund gefahren wurde und dessen Ladefläche voll schwerer Felsbrocken war.

Ich sah zu, wie meine Schwester das Licht der Welt erblickte. Mama gebar sie in der Küche auf den Sofakissen, die vor dem Ofen lagen. Daniel nannte meine Schwester Patina, doch wir nannten sie Baby Roo. Margaret machte ein Polaroidfoto, das auf Mamas Kommode aufgestellt wurde. Mama, Daniel und ich schauten stolz in die Kamera, Baby Roo hing an einer dunklen Brustwarze.

Es war früh am Morgen. Der Schnee hatte eine Höhe von fast fünfzehn Zentimetern erreicht und fiel noch immer mit stetiger Ruhe. Alle waren auf, außer Topaz. Elaine kochte Kaffee und bot ihn der Schar Hebammen und Freunde an dem langen Tisch an. Woody füllte das Vogelhäuschen vor dem Fenster und schürte das Feuer

im Ofen. Ich erinnere mich daran, wie die Vögel sich um das Futter zankten. Im Ofen knisterte das Feuer, und am Tisch wurde murmelnd eine Unterhaltung geführt. Der Kaffeeduft mischte sich mit dem Rauch des Holzfeuers und den Geburtsgerüchen. Bouncey lag zusammengerollt hinter dem Ofen, sie hatte es sich zwischen den Wasserflaschen gemütlich gemacht. Ich erinnere mich an die warme Küche und wie ich dem fallenden Schnee zusah und auf den Sofakissen mit Mama, Daniel und meiner neuen Schwester Roo einschlief.

Knapp zwei Wochen später endete der Krieg in Vietnam offiziell. Topaz war nicht zu Hause. Wir holten uns den Fernseher, setzten uns in der Küche davor und sahen die Menschen in Panik in die Helikopter drängen, wobei der Luftzug der Rotoren ihnen das feine schwarze Haar ins Gesicht wehte. Mama saß im Schaukelstuhl und stillte Baby Roo, Tränen liefen ihr übers Gesicht, doch sie schluchzte nicht. Daniel stand hinter ihr und hatte ihr die Hand auf die Schulter gelegt. Woody stand hinter Elaine und hatte dieser die Hand auf die Schulter gelegt. Norther, Roxy und ich saßen zusammengedrängt auf dem Boden. Niemand sagte ein Wort. Die einzigen Geräusche waren der Bericht, das Geschrei der Menschen in Saigon und das Saugen von Baby Roo an Mamas Brust.

Neuntes Kapitel

Alles lief schief

Es heißt, 1969 sei der Sommer der Liebe gewesen, doch für Mama, Daniel, Woody, Elaine, Roxy, Norther und mich war der Sommer der Liebe 1975. Die Geburt von Baby Roo und vielleicht auch das Ende des Krieges brachten uns einander näher als je zuvor. Roo war nicht nur das Baby von Mama und Daniel. Sie war unser Baby. Wir freuten uns an allem, was sie tat. Wenn sie etwas brauchte, war jeder von uns für sie da. Niemand, mit Ausnahme von Topaz, drückte sich davor, ihr die Windeln zu wechseln, die Fläschchen zu wärmen, mit ihr zu plaudern oder sie zu wiegen. Wir hätten sie sogar gestillt, wenn wir gekonnt hätten, aber das ging natürlich nicht. Das konnte nur Mama.

Roo war da, und Topaz war vergessen. Daniel dachte nicht mehr an sein Versprechen, ihr eine Hütte zum Schreiben einzurichten. Roxy ließ den Lack auf ihren Nägeln abplatzen. Die Spannung zwischen Elaine und Woody schien mit den Samen, die sie im Garten aussäten, in der Erde zu ruhen. Sie waren aufs neue ineinander verliebt. Ich sah Woody und Elaine draußen im Garten, auf ihre Hacken gestützt, wie sie sich zwischen den gelben Blüten der Tomatenpflanzen küßten.

Es war ein Sommer der Mücken und des Gestochenwerdens, des frischen Gartengemüses, des Regens, der auf das Blechdach trommelte, und der Schmuserei. Woody und Elaine schmusten. Mama und Daniel schmusten. Und niemand ahnte, daß auch Norther und ich schmusten. Spät nachts, wenn Roxy bereits schlief, krabbelte Norther in mein Bett unter dem einzigen Dachfenster. Bei Vollmond sahen wir hinunter in den Hof und erspähten manchmal die riesige Waldeule im Sturzflug auf der Mäusejagd. Norther und ich unterhielten uns, kuschelten und küßten uns, und das war alles. Wenn ich einschlief, schlüpfte er zurück in sein eigenes Bett. Am nächsten Tag dachten wir uns neue Spiele aus, malten neue Bilder und arbeiteten in unserem sogenannten Garten. Er lag neben dem der Erwachsenen. Wir pflanzten Steine, Stöcke und Unkraut, die alle in sorgfältig angelegten Reihen wuchsen.

Mama sagt, sie sei der Meinung gewesen, alle wären glücklich. Damit will sie sagen, daß sie dachte, sie und Daniel seien glücklich gewesen. Auch ich war dieser Ansicht. Was war in jenem Sommer schiefgelaufen?

Eine Woche lang hatte Roo Krupp, und ihr dünnes, blechernes Weinen untermalte alles, was wir taten. Doch der Husten dauerte nur eine Woche. Ende August wurden Norther und ich eingeschult. Wir mußten einiges über uns ergehen lassen, weil wir »die Hippiekinder« waren. Wir haßten die Schule, doch sobald wir zu Hause waren, war die Welt wieder in Ordnung. Es gab noch einige andere Dinge, die schiefliefen, aber nichts von Bedeutung. Elaine ließ die Kaffeekanne in ihren Schoß fallen und verbrühte sich das Bein. Ich schürfte mir die Haut vom Knie, als ich die Auffahrt hinunterfiel. Roxy trat bei einem Ausflug in die Stadt in eine Glasscherbe, und Norther wurde in der Scheune von einer Wespe gestochen. Woody schlug sich mit dem Hammer auf den Daumen. Der Nagel wurde schwarz, fiel schließlich ab, und ein weicher kleiner Nagel kam hervor. An einem Abend trank Daniel zuviel und mußte sich in die Büsche hinter der rückwärtigen Veranda übergeben.

Doch all das war nichts von Bedeutung. Dergleichen war immer passiert. Es reichte nicht, um einen Mann unglücklich zu machen. Ich habe gehört, wie Mama die Ereignisse immer wieder durchkaute und laut dachte: »Vielleicht war es der Krupp, vielleicht war es ja Roos ständiges Weinen. Vielleicht lag es am Winter. Vielleicht...«

Und dann verlor sich ihre Stimme im Nichts.

Ich glaube nicht, daß es an irgendeiner Sache lag. Ich glaube, es lag an Topaz. An ihr ganz allein.

Ich hatte sie den ganzen Sommer kaum wahrgenommen. Sie schlief immer lang und aß nie mit uns. Manchmal sah ich sie nachmittags zum Plumpsklo torkeln oder sich in der Küche über die Reste hermachen. Fast jeden Tag ging sie in die Stadt, und gelegentlich sah ich sie die Auffahrt hinunterlaufen, um zu trampen. Sie kam oft tagelang nicht zurück, und ich dachte, sie hätte uns endlich verlassen. Doch dann sah ich sie wieder in ihren blauen Wildlederstiefeln unseren Weg hochstapfen. Immer trug sie ihre blauen Wildlederstiefel, egal, wie heiß es war.

Im Herbst ging sie nicht mehr jeden Tag in die Stadt. Sie begann, die Mahlzeiten mit uns einzunehmen, beteiligte sich aber nicht am Kochen. Von Mama weiß ich, daß Topaz nie etwas zum Haushalt beisteuerte. Mir ist unklar, warum Daniel das duldete und warum sie überhaupt so lange bleiben durfte. Ich weiß auch nicht, warum wir höflich zuhörten, wenn sie an unserem Tisch saß, sich gebratenen Reis auf den Teller häufte und uns die Ohren volljammerte, es sei zu laut im Haus, sie könne nicht arbeiten. Sie wollte damit sagen, daß sie in unserem Haus keine Gedichte schreiben könne. Ich weiß nicht, warum wir uns das anhörten und warum Daniel erneut anbot, ihr zu helfen, eines der Nebengebäude in

Ordnung zu bringen. Ich weiß aber, daß Mama es diesmal hörte.

»Wann willst du das machen?« fragte sie.

»Paßt dir der Samstag?« fragte Daniel Topaz. Mama reichte ihm gerade die Reisschüssel.

Topaz nickte lächelnd.

Mama verstummte. Sie sah zu, wie Daniel seinen Teller vollhäufte. Als er ihr die Schüssel weitergab, bat sie ihn, ihr den Teller zu füllen, weil sie Baby Roo auf dem Schoß hatte. Daniel bediente sie, aber jedesmal, wenn eine Schüssel zu Mama kam, mußte sie ihn aufs neue bitten. Mama hielt in der rechten Hand die Gabel, Baby Roo saß auf ihrem Knie, und Mama schob ihr von Zeit zu Zeit einen weichen Bissen in den Mund.

»Daniel«, sagte Mama. »Am Samstag findet in der Stadt ein Handwerkermarkt statt. Du hattest mir versprochen, auf Roo aufzupassen, und du wolltest einige deiner Bilder verkaufen.«

»Es ist eine Schande, so herrliche Bilder zu verkaufen«, sagte Topaz. »Ein Gedicht kann man wenigstens verkaufen und gleichzeitig behalten.«

»Dann eben am Sonntag«, sagte Daniel zu Topaz.

»Hast du schon Gedichte verkauft?« wollte Elaine wissen.

»Beinahe«, antwortete Topaz. »Aber ich bin damals zu spät aufgestanden.«

»Ich würde deine Sachen gern einmal lesen«, sagte Daniel und lächelte Topaz an. Es war das gleiche Lächeln, das er Mama und mir geschenkt hatte, als er uns in New Mexico mitnahm.

Daniel hat Topaz' Gedichte wohl gelesen. Ich kann mich nämlich erinnern, wie sie auf den Stufen der hinteren Veranda saßen und Ringbuchblätter durchgesehen haben. Ich erinnere mich an den unordentlichen Stapel Papier, den Topaz auf dem Schoß hielt. Die Blätter waren so schief wie die Plakate in ihrem Zimmer. Als der Wind sie erfaßte und einige in den Hof segelten, holte Daniel sie zurück. Mama erinnert sich auch daran.

Die Szene gehört zu den Geschichten, die sie immer erzählt. Doch davon abgesehen habe ich mitgekriegt, wie sie, Roo auf einer Hüfte, in der Fliegentür stand. Elaine näherte sich von hinten und spähte ihr über die Schulter. Dann seufzte sie, schüttelte den Kopf und machte sich wieder ans Kochen. Mama wandte sich ab. Sie setzte sich neben mich an den Tisch und murmelte: »Ich verstehe nicht, was ihn an ihr so fasziniert.«

An jenem Abend trug Mama statt eines Overalls ein langes Baumwollkleid zum Essen. Ihr weiches braunes Haar lag gewellt auf ihrem Rükken. Die Wellen waren von den Zöpfen, die sie gerade ausgebürstet hatte.

»Du siehst wunderschön aus«, sagte ich zu ihr.

»Danke, Cedar.« Sie lächelte. »Dieses Kleid hatte ich an, als ich deinen Vater kennenlernte.« Sie lächelte aufs neue und rutschte auf einen Stuhl.

Ich nahm den dünnen weichen Stoff von Mamas Kleid in die Hand. Ich berührte die blauen

Elefanten, die am Saum entlangmarschierten. »Kein Wunder, daß er wollte, daß du sein Kind kriegst«, sagte ich.

Ich weiß nicht, wie es kommen konnte, daß Daniel Mama an jenem Abend gar nicht wahrnahm. Er saß direkt neben ihr und sprach über seine Pläne für Topaz' Schreibhütte. Er merkte gar nicht, wie sich das Grauen auf uns senkte wie eine dicke, alles erstickende Decke. Niemand von uns sagte ein Wort. Daniel redete immer weiter, und Topaz stellte Fragen zu Fenstern und Licht, und wie würde er dies und wie würde er das machen. Plötzlich schabte Mamas Stuhl über den Boden. Sie erhob sich, Baby Roo in den Armen, wandte sich ab und verließ die Tischgesellschaft. Wir lauschten, wie sie die Treppe hinaufging. Wir lauschten, wie die Tür zuknallte. Baby Roo fing zu weinen an.

An jenem Abend brachte Woody mich ins Bett. Aus Mamas und Daniels Zimmer drang Streit zu mir hinauf. »Eifersüchtig«, sagte Daniel. »Nun mal langsam, du übertreibst.«

Ich konnte Mamas sanfte Stimme zwischen seinen Worten hören, aber nicht, was sie sagte. Deutlich zu verstehen war nur Daniel, er war laut und defensiv. »Ich kann es einfach nicht glauben, daß du mir nicht vertraust«, sagte er.

Ein Murmeln von Mama.

Er unterbrach sie. »Nach allem, was wir zusammen durchgemacht haben. Das ist wirklich aufschlußreich, Sara.«

In jener Nacht fiel heftiger Regen. Erschrokken wachte ich von einem lauten Donnerschlag auf. Ich lauschte dem ohrenbetäubenden Regenguß auf das Blechdach nur wenige Zentimeter über meinem Kopf.

»Seid ihr wach?« fragte ich in die Dunkelheit, aber niemand antwortete. Bei jedem Blitz war das Zimmer in Licht getaucht. Ich sah das Wasser über mir an den Deckenbrettern glänzen, und dann fiel ein weiterer Tropfen auf meine Zudecke.

Das Gewitter erleuchtete mir den Weg die Treppe hinunter auf den Vorplatz von Mamas und Daniels Zimmer. Ein greller Blitz – die geschlossene grüne Tür zu Elaine und Woodys Zimmer – dann war es wieder dunkel. Ich bewegte mich Zentimeter um Zentimeter vorwärts, meine Hand glitt an der Wand entlang, ertastete eine offene Tür. Noch ein Lichtblitz, und einen kurzen Augenblick lang lag Topaz' Zimmer vor mir. Auf dem Boden die nackte Matratze, die schief angeklebten Rock-'n'-Roll-Plakate, der Aschenbecher neben der Matratze und daneben eine leere umgefallene Weinflasche.

Langsam bewegte ich mich weiter, öffnete die Tür zu Mamas Zimmer. Grelle Blitzströme brannten die Szene für immer in mein Gedächtnis ein. Mama stand in ihrem langen blauen Nachthemd am Fenster und sah nach draußen. Ihr dicker Zopf hing auf ihrem Rücken. Sie hielt Roo im Arm.

»Mama, das Dach leckt genau über meinem Bett.«

Sie drehte sich um, sah mich an, wie in Zeitlupe, wie ein Gespenst. Sie nickte. »Hast du dein Bett weggeschoben?« fragte sie tonlos.

Ich schüttelte den Kopf und trat neben sie ans Fenster. Wir blickten beide nach draußen. Ein Donnerschlag, dann ein Blitz wie eine Feuerwand. Unten, auf dem Gras, im Regen, zwei nackte Körper, die sich liebten. Topaz lag unter Daniel, sein dunkles, nacktes Haar klebte auf seinem Rücken, sein Hintern ging auf und ab, ihre Beine hoben sich und umklammerten seinen Rücken. Die Arme hatte sie hinter den Kopf ausgestreckt und hielt einen der Steine um mein Plazentagrab fest. Ich fühlte, wie die dünnen Finger meiner Mutter meine Hand ergriffen, und ich schaute zu ihr hoch. Sie starrte aus dem Fenster.

Die Donnerschläge und die Blitze, die durch den Himmel schossen, waren so wild wie das Ficken unten im Hof. Daniels Hintern ging rauf und runter. Topaz wölbte den Rücken. Ihre Hände stießen den Stein von meinem Plazentagrab weg in den Hof. Der Wind peitschte die Bäume, vor und zurück. Rosagoldene Blitze spalteten den Himmel. Zum erstenmal in meinem Leben betete ich.

Bitte, Blitz, erschlage sie!

Zehntes Kapitel

Taube Augen

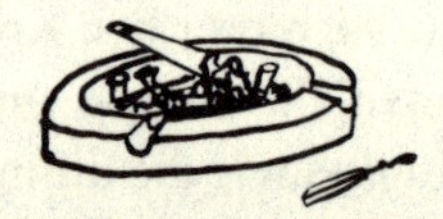

Nachdem Mama mein Bett vom Leck weggerückt hatte, saß ich da und lauschte dem Trommeln des Regens auf das Blechdach, lauschte dem Donner, der die Nacht zerschlug, lauschte, ob ich Tritte auf der Treppe hörte und was meine Mutter zu Daniel sagen würde. Doch wie sehr ich mich auch anstrengte, ich hörte nichts. Das tosende Unwetter übertönte alles.

Am frühen Morgen kam Mama zu mir. Sie trug Roo im Arm. Ich hatte schon alles vorbereitet. Die Kommodenschublade war herausgezogen und mit meinen weichsten Kleidern ausgelegt. Ich nahm Mama Roo ab und legte sie in die Schublade. Ich baute ein Polster aus T-Shirts und

Pyjamas um sie herum. Roo sah mich mit großen Babyaugen an. Sie streckte ihr pummeliges Händchen aus und umklammerte einen meiner Zöpfe mit ihrer kleinen Faust.

»Ist alles in Ordung«, sagte ich zu ihr und löste ihre Finger. »Ist alles in Ordnung.«

Roo schüttelte den Kopf von einer Seite zu anderen, weinte jedoch nicht.

»Ist alles in Ordnung?« fragte ich Mama.

»Er spricht noch nicht einmal mit mir«, erwiderte sie.

Mama quetschte sich in mein kleines Bett und packte die Decken um ihre Füße. Sie zog einen Joint und eine Streichholzschachtel aus ihrer Bademanteltasche. Ich saß im Schaukelstuhl neben dem Bett, sah das Streichholz kurz aufleuchten und dann das Glühen des Joints. Kaum halb geraucht, drückte sie ihn auf der Fensterbank aus und legte sich danach hin. Sie starrte die Decke an, und ich saß im Schaukelstuhl und starrte sie an. Wir sprachen kein Wort. Das Unwetter ließ nach, bis der Regen nur noch leise prasselte und dann ganz aufhörte. Das Haus knarrte. Der Himmel verfärbte sich rosarot, und die Sonne ging auf. Unten hörte ich Woody und Elaine aufstehen. Ich vernahm ihre leisen Tritte auf der Treppe und dann Geräusche aus der Küche. Es dauerte nicht lange, und der Geruch von Kaffee zog durch das Haus. Mama lag einfach da.

»Soll ich dir eine Tasse Kaffee holen?« fragte ich.

Sie antwortete nicht.

Bald kam Woody die Treppe hochgesprungen. »Aus den Federn, junges Volk«, rief er wie jeden Morgen. »Nun aber munter!«

»Pst!« Ich hielt den Finger an den Mund und deutete auf Mama, die mit weit offenen Augen dalag. Dann zeigte ich auf die schlafende Roo in der Schublade, als Rechtfertigung für die Ruhe, die ich verlangt hatte.

»Was geht hier vor?« fragte Woody. »Wo ist Daniel?«

»Er fickt Topaz«, sagte Mama.

»Was?«

»Der Scheißkerl hat gestern nacht Topaz draußen im Hof gefickt. Ich habe ihn gesehen. Er sagt, ich würde spinnen.«

»Ich habe ihn auch gesehen«, sagte ich.

Woody legte mir die Hand auf die Schulter. »Warst du die ganze Nacht auf?«

»Nicht die ganze Nacht«, sagte ich.

»Keine Schule«, sagte er. »Du bleibst heute daheim.« Dann ging er zu den Betten seiner Kinder und weckte sie leise. »Zieht euch an«, flüsterte er.

Hinter mir konnte ich Norther und Roxy beim Anziehen hören, das rauhe Schaben, als sie die Bluejeans anzogen, und das Geräusch von schnappenden Verschlüssen. Ich sah jedoch die ganze Zeit Mama an, und als Roxy fragte, was los sei, gab ich keine Antwort. Norther machte »Pst« zu ihr. Bevor sie den Raum verließen, kam er zu mir und drückte mir etwas Kaltes in die Hand. Als ich sie öffnete, um zu sehen, was er mir gegeben hatte, erblickte ich seinen Glücksstein, einen durchsichtigen Quarzkristall, den er eines Morgens auf der Auffahrt gefunden hatte. Ich drückte ihn an meine Stirn. Er fühlte sich kühl und beruhigend an. Ich hielt ihn an mein Herz. Ich mußte daran denken, wie Topaz die Arme über ihren Kopf ausstreckte und den Stein meines Plazentagrabes umklammerte, und stand auf und legte mich in Northers Bett. Als ich das gleichmäßige tiefe Atmen von Mama hörte, auf das ich gewartet hatte, schlief ich schließlich auch ein.

Mama schlief den ganzen Tag, ich wachte jedoch am späten Vormittag auf, ging zu meinem Plazentagrab und rückte den Stein wieder an seinen Platz. Dann verbrachte ich einen Teil des Tages damit, Roo in der Küche zu wiegen und Elaine beim Essenkochen zuzuschauen. Den anderen Teil des Tages saß ich auf Mamas Bett und sah zu, wie Daniel seine Kleider aus der Kommode zog und sie neben mich warf.

»Ich habe dich gesehen«, sagte ich.

Ein T-Shirt landete neben mir.

»Ich habe dich gesehen«, wiederholte ich.

Jeans.

»Ich habe dich gesehen. Ich habe dich gesehen. Ich habe dich gesehen«, begann ich zu singen, und je schneller ich sang, desto hektischer arbeitete er, bis die Kleider aus seinen Händen flogen und im manischen Rhythmus meines Singens die

Matratze trafen. Daniel riß sein Bündel von T-Shirts und Jeans an sich. Ich folgte ihm singend bis zur Tür. Ich sah, wie er den Flur hinunterging und an Topaz' Tür klopfte.

»Ich habe dich gesehen. Ich habe dich gesehen. Ich habe dich gesehen. Ich habe dich gesehen.«

Die Tür öffnete sich. Musik und eine blaue Weihrauchwolke quollen heraus. Die Armbänder an Topaz dünnem Arm klapperten vom Handgelenk bis zum Ellbogen, als sie den Arm ausstreckte, ihre Finger um seinen Hals klammerte und ihn ins Zimmer zog. Die Tür schloß sich wie ein Vakuum, und mein Singsang prallte von den Bretterwänden ab. Ich gab auf.

Mama erwachte zum Abendessen, stillte Roo und ging hinunter in ihr eigenes Bett. Ich ging mit ihr und verließ sie den ganzen Winter nicht. Ich legte mich in jener Nacht neben sie und legte meine Arme um ihre Taille. Ihr Nachthemd war aus weicher blauer Baumwolle. Sie zitterte vor Kälte, und ich zog die Decken hoch und um sie herum. Ich fiel in Schlaf, die Wange an Mamas warmen Rücken geschmiegt. Am nächsten Morgen war ich als erste im Haus wach.

Der Himmel war dunkel. Kein sanftes Erglühen der Sonne oder eines unserer beiden Monde. Ich nahm die Taschenlampe, die neben dem Bett lag, ging die Treppe hinunter und setzte mich in den großen Sessel im Wohnzimmer. Ich richtete die Lampe auf jene Stelle an der Wand über dem Kamin, wo einst die Abdrücke meiner Hand neben denen von Mama und Sol waren. Elaine hatte dort einen Webteppich aufgehängt. Er war grün, wie unreifes Getreide. Die Farbe hatte einst zu den Weihnachtszweigen gepaßt, die noch braun und trocken auf dem Kaminsims lagen. Ich schlief ein.

Als ich erwachte, hatte Elaine mich in eine Decke eingehüllt. Es war kalt geworden. Ich blies meinen Atem ins Zimmer, und er wurde vor meinem Gesicht weiß. Ich zog die Decke enger um mich und lauschte den Geräuschen, die Elaine und Woody in der Küche machten, dem Knarren der Dielen, dem Gluckern und Zischen des Kaffees, dem Klappern von Pfannen und Tellern. Woody durchquerte die Küche und setzte sich an den Tisch, so daß ich ihn sehen konnte. Er nahm kleine Schlucke Kaffee aus seinem Becher und schnürte seine Stiefel. Ich hörte, wie sich die Tür des Herdes klappernd öffnete und jemand Zeitungen zusammenknüllte.

»Schatz, das mach' ich«, sagte Woody. Im Fenster hinter ihm ging die Sonne auf und erfüllte den Himmel mit zarten rosa Wölkchen. Woody gähnte.

»Geht schon«, hörte ich Elaine antworten. »Trink du nur deinen Kaffee.«

Ich konnte mir vorstellen, wie Elaine vor dem Herd kniete, den vom Schlaf verfilzten Pferdeschwanz auf dem Rücken, den Korb mit Anfeuerholz neben sich, umgeben von Zeitungsknäueln, ein paar Scheiten Hartriegel und einer

Schachtel Streichhölzer. Es dauerte nicht lange, und ich vernahm das Knistern des Feuers und das Scheppern der sich schließenden Herdtür.

»Wann werde ich jemals lernen, auf dich zu hören?« fragte Woody.

»Du kannst nichts dafür.«

Die Sonne war aufgegangen. Sie stand riesig und rosa am Himmel und tauchte die Szene in zarte Aquarellfarben. Rosiges Licht fiel auf die Küchenheilige meines Vaters und seine bunten Dielenböden bis zu Elaines Haar, als sie sich vornüberbeugte und Woody küßte, bevor sie sich neben ihn setzte.

»Ich werde wohl diese Woche das Plastik vor die Fenster nageln.« Woody lehnte sich vor, um seine Stiefel zu Ende zu schnüren.

»Wie ich das hasse«, sagte Elaine.

»Ich auch. Ich werde Daniel um Hilfe bitten.« Woody gab ein grimmiges Grunzen von sich und schüttelte den Kopf. »Hoffentlich verschwinden sie.«

Elaine legte ihre Hand auf seine. »Ich helfe dir mit dem Plastik.«

Meine Mutter kam die Treppe herunter und ging geradewegs an mir vorbei, ohne mich überhaupt wahrzunehmen. Elaine stand auf und zog einen Stuhl für sie hervor. Mama setzte sich, bückte sich, um die Socken unter ihrem Nachthemd hochzuziehen, und schmiegte sich in ihren alten Bademantel. Das Blau ihres Nachthemdes schien durch die abgewetzten Ellbogen des Karostoffes. Elaine stellte eine Kaffeetasse vor Mama, blieb dann hinter ihr stehen und massierte ihr den Nacken. Der Dampf wirbelte um den Rand des Bechers. Woody legte seine Hand auf Mamas.

»Ich verstehe es einfach nicht«, sagte Mama. »Ich habe immer wieder versucht, mit ihm zu reden, aber ich stoße auf taube Augen.«

»Taube Ohren«, verbesserte Woody sie.

»Und was hab' ich gesagt?«

»Taube Augen.«

Mama lachte. »Taube Augen«, sagte sie immer wieder. »Taube Augen.« Sie lachte, und ihre Schultern bebten, bis ich wußte, daß sie nicht länger lachte. Sie schob den Kaffee weg und legte den Kopf auf den Tisch. Elaine schlang ihre Arme um sie. Woody streichelte ihre Hand. Endlich hob Mama den Kopf und griff nach hinten, um Elaine zu berühren. Das Blau ihres Nachthemdes blitzte wieder durch den abgewetzten Bademantel.

Die Sonne war inzwischen weiß geworden. Grelles Licht drang ins Zimmer. Ich würde Mama einen neuen Bademantel schenken. Ich würde ihr einen dicken, schweren Bademantel kaufen, den sie nachts um sich wickeln konnte wie die Arme eines Mannes, der sie nie verlassen und immer warmhalten würde.

Elftes Kapitel

Das kalte Licht

Topaz und Daniel blieben den Winter über bei uns und versteckten sich in Topaz' Zimmer. Ich verbrachte die Nächte bei Mama.

Jeden Abend schlief ich allein in dem großen Eisenbett ein und wachte auf, wenn die Tür hinter ihr zufiel. Beim Dämmerschein der kleinen Lampe auf der Kommmode konnte ich sehen, wie sie sich auszog, vor Kälte bebend in ihr Nachthemd schlüpfte und dann ein sauberes Paar Socken überstreifte. Neben dem Bett stehend, hob sie die Arme zum Nacken, um das Lederband aufzuknüpfen, an dem die Gewehrkugel meines Onkels Jimmie hing. Sie legte das Halsband auf den Tisch neben dem Bett, machte rasch das Licht aus und schlüpfte zu mir. Ich nahm sie in die Arme und versuchte, ihr von meiner Wärme abzugeben.

Beim ersten Laut knarrender Stufen wachten wir beide auf. Mama befreite sich aus meinen Armen und stellte den elektrischen Heizofen an. Sie nahm das Foto, das in der Nacht von Roos Geburt aufgenommen worden war, und setzte sich in den Schaukelstuhl am Fenster. Sie drehte das Foto pausenlos in den Händen, manchmal ohne einen Blick darauf zu werfen. Währenddessen lag ich im Bett, tat so, als würde ich schlafen, und lauschte auf die Geräusche, die aus der Küche drangen. Daniel und Topaz klauten Essen und Bier.

Eines Nachts hielt ich es nicht mehr aus, tatenlos dazuliegen. Ich stand auf und krabbelte auf Mamas Schoß. Sie wickelte die Steppdecke, die ich vom Bett gezogen hatte, um uns beide.

»Woran denkst du?« fragte ich.

Der elektrische Ofen summte zu ihren Füßen. Der Mond strahlte taghell zum Fenster herein. Ich konnte den Heiligen sehen, den Sol vor so vielen Jahren auf die Bretterwand gemalt hatte. Ich konnte ihn und Mamas Gesicht so deutlich sehen, als wäre das Licht angewesen.

»Das geht nun schon einen Monat«, sagte Mama.

Ich wollte nicht über Daniel reden. Immer wenn Elaine Mama fragte, wann sie Daniel und Topaz auffordern würde, das Haus zu verlassen,

wechselte Mama das Thema. Es schien ihr nicht zu helfen, wenn ich sagte, daß ich ihn haßte, und da mir sonst nichts einfiel, wechselte ich ebenfalls das Thema.

»Woran denkst du noch?« fragte ich.

Ich fühlte, wie sie die Schultern hob. Mein Ohr war an ihre Brust gedrückt, und ich vernahm ihren Herzschlag.

»Ich weiß nicht«, sagte sie. »An mein Leben. An deinen Vater. Aus eben diesem Fenster habe ich in der Nacht, in der du geboren wurdest, hinausgeschaut, und er war da draußen mit all den Leuten.«

»Woran noch?«

Mama lachte bitter. »An meine Entscheidungen. Ich habe, glaube ich, keine sehr guten Entscheidungen getroffen.«

»Woran noch?«

»An Jimmie. Ich denke an Jimmie.«

Vor der Tür hörten wir einen Plumps und ein Knarren und die kichernde Topaz. »Pst«, sagte jemand, und da kicherten beide. Die Tür zu Topaz' Zimmer ging auf und schloß mit einem Klicken, und bald drang leise Musik zu uns herüber.

Ich nahm Mamas Hand, drückte sie, und sie sagte: »Jimmie hat mir einen Brief geschickt, eine Woche vor seinem Tod. Er kam drei Wochen nach der Beerdigung mit der Post. Ich habe ihn nie gelesen. Ich habe ihn in der Hand gehalten und immer nur gedreht.«

»Ich weiß«, sagte ich. Mama erzählte mir immer Dinge, die ich bereits wußte. »Wo ist der Brief jetzt?«

Der ungeöffnete Brief steckte nicht länger in der Schachtel, die im Bus stand. Norther, Roxy und ich hatten die Schachtel nach dem ungeöffneten Brief durchsucht. Er war nicht da. Wir hatten drei oder vier Briefe meines Onkels angesehen, lesen konnten wir sie nicht. Sie waren handgeschrieben.

»Ich habe ihn weggelegt«, sagte sie. »Er ist in der Schublade meiner Kommode.« Sie seufzte auf. Es war ein tiefer Seufzer, als würde die Luft aus einem Ballon entweichen. »Wäre Jimmie nicht gefallen, wärst du vielleicht nie geboren worden.«

Das war mir bekannt. Norther, Roxy und ich hatten ein Spiel erfunden, das wir »Toter Bruder« getauft hatten. Wir nahmen einen alten Duschvorhang von einem der Holzstöße und falteten daraus ein lockeres Dreieck. Norther spielte den Toten; er lag in den Blättern, und wir beerdigten ihn. Ich pflegte bewegungslos auf einem Baumstumpf zu sitzen, Roxy legte mir den alten Duschvorhang in den Schoß, und ich brach in Tränen aus. Roxy und Norther wechselten sich beim Sterben ab, nur ich wechselte nie die Rolle. Ich war immer diejenige, der der Duschvorhang dargeboten wurde.

Meine Mutter holte den Vorhang einmal aus unserer Spielecke. Ich hielt den Atem an, als ich

sah, wie sie ihn zu den anderen Abdeckplanen legte. Ich wollte nicht, daß sie etwas von »Toter Bruder« erfuhr. Ich hätte mir aber keine Gedanken zu machen brauchen. Unser schiefes Dreieck ähnelte in ihren erwachsenen Augen allem anderen, nur nicht einer Fahne.

In jenem Winter, als Daniel auszog, führten meine Mutter und ich unzählige mitternächtliche Gespräche. Sie machte sich Gedanken über all die Dinge in ihrem Leben, die für sie keinen Sinn ergaben. Ich hörte zu und stellte Fragen. Die Geschichten meiner Mutter, ihre Erlebnisse, waren zu guter Letzt mit meinem Herzen verwoben. Ich hörte, wieder einmal, alles über das Begräbnis meines Onkels, das Fahnendreieck und die kalten Metallstühle. Ich hörte wieder einmal die Geschichten von meinem Vater, seinem Motorrad, warum er die Plazenta vergrub, und von dem Gästebuch, in das sich alle in der Nacht meiner Geburt eintrugen, und ich fragte mich, wo er wohl war. War er bei Jimmie?

Manchmal hatte ich keine Lust, Mamas Geschichten zu hören oder daran zu denken, daß ich vielleicht nie auf die Welt gekommen wäre. Dann blieb ich einfach im Bett und beobachtete sie. Wenn der Mond eine dünne Sichel war, konnte ich sie nur im roten Glühen der Heizstangen des elektrischen Öfchens erkennen. Sie sah gespensterhaft und einsam aus, ein Schatten im Zimmer.

Wenn ich morgens nach unten kam, war die

Spülschüssel voll schmutzigem Geschirr. Auf dem Tisch waren die Bierdosen zu Pyramiden gestapelt.

»Hier sieht es wie bei einer verdammten Studenten-Verbindung aus«, schimpfte Elaine, schleppte den Mülleimer quer über den Boden und schob die Bierdosen mit einer ausholenden Armbewegung hinein.

Woody saß am Tisch und kontrollierte die Stromrechnung. »Die Rechnung ist doppelt so hoch wie sonst«, sagte er und schaute zur Decke. »Die haben ununterbrochen den Heizofen an.«

»Sie setzen das Haus in Brand, wenn sie nicht aufpassen.« Elaine schob den Abfalleimer wieder zurück.

Mama kam in die Küche. Sie trug den Bademantel mit den Löchern. Ich hatte ihr noch keinen neuen gekauft. Wir waren in letzter Zeit nicht in den Billigläden gewesen. Sie schenkte sich einen Becher voll Kaffee ein und setzte sich.

»Die Rechnung ist doppelt so hoch wie sonst«, sagte Woody noch einmal. »Wir sollten ihnen den Heizofen wegnehmen.«

»Wahrscheinlich bin ich das«, sagte Mama. »Ich habe meinen auch oft an.«

»Sara«, schimpfte Elaine. »Du bist das nicht.«

»Kann ich etwas Kaffee haben?« fragte ich.

»Du trinkst Kaffee?« sagte Woody.

»Hab' ich früher.« Ich konnte mich an den Kaffee von unterwegs erinnern, wie Mama ihn für mich zubereitete – mit Zucker gesüßt, goldgelb

vor lauter Sahne und mit Eiswürfeln gekühlt. »Ich brauche einen Kaffee«, fügte ich hinzu.

Mama stand auf, um mir einen Becher voll einzuschenken. »Wir müssen Honig nehmen«, sagte sie. »Wir haben keinen Zucker.« Sie nahm den größten Becher, den sie finden konnte. Ich sah zu, wie sie ihn für mich füllte. Zuerst den Honig und die Sahne, dann schüttelte sie die Eiswürfel dazu. Als sie den Becher vor mich hinsetzte, strich sie mir über das Haar: »Du kriegst nicht genug Schlaf, was?«

Wenn ich mit Norther aus der Schule kam, wartete Mama bereits auf mich. Wenn es regnete, blieben wir im Haus am Feuer und spielten Rommé. Wenn es nicht regnete, marschierten wir in den Wald und suchten Geißblatt. Ich half ihr, die langen verknoteten Ranken aus den Bäumen zu ziehen. Dann entwirrten wir sie schweigend und rollten sie auf, damit sie in den großen Aluminiumtopf paßten.

Ich habe Mama noch nie so viele Körbe flechten sehen wie in jenem Winter, als Daniel sie verließ. Der Dachboden des Nebengebäudes war voll von ihnen. Sie ließ Seile von den Balken baumeln und hängte die glatten hellen Körbe daran auf. Sie hörte nicht auf zu flechten, und wir sammelten Ranken, bis wir uns immer weiter vom Haus entfernten, tiefer und tiefer in den Wald.

Eines Tages sagte sie zu mir: »Ich meine, du solltest wieder nach oben ziehen.«

»Warum?« fragte ich.

»Du hast Ringe unter den Augen. Du bekommst nicht genug Schlaf.«

»Du hast auch Ringe unter den Augen. Warum stehst du jede Nacht auf? Warum bleibst du nicht einfach im Bett? Es ist wärmer.«

»Ich weiß nicht. Ich kann einfach nicht schlafen.« Mama neigte den Kopf und zerschnitt eine Ranke.

»Die hättest du entwirren können, Mama. Du hast gesagt, du brauchst lange Ranken.«

»Ich habe über deinen Vater nachgedacht«, sagte sie. »Er hat mich nie betrogen.«

»Mama, er hat auf den Boden geschissen.«

»Ich weiß. Darüber habe ich auch nachgedacht. Meinst du, er hätte das auch getan, wenn wir geblieben wären?«

»Nein, denn du hättest es nicht zugelassen.«

»Denkst du manchmal an ihn?« fragte sie.

»Ja.«

»Was denkst du?«

»Ich weiß nicht. Er hat mir immer einen Vierteldollar gegeben, wenn ich ihm einen Joint gedreht habe.«

Mama unterbrach ihre Arbeit und richtete sich auf. »Hat er das?« Sie wandte sich wieder den Ranken zu. »Das war nicht recht«, sagte sie.

»Sie mußten fest gerollt sein. Es war schön, wenn du heimgekommen bist und mir einen Doughnut mitgebracht hast.«

»Wir haben dich damals nicht besonders gut ernährt«, sagte Mama.

»Wann sagst du Daniel und Topaz, daß sie gehen sollen?«

»Ich kann ihn nicht wegschicken«, erwiderte sie. »Er war gut zu mir, bis das passiert ist.«

Wir entwirrten schweigend die Ranken. Das einzige Geräusch kam von unseren Scheren, bis meine Mutter plötzlich sagte: »Mein Bruder war gestorben, kurz bevor ich Sol kennenlernte.«

Ich sah sie an. Es war nicht zu glauben, wie oft sie das schon zu mir gesagt hatte und wie oft ich antwortete: »Ich weiß. Du hast es mir erzählt.«

»Seine Zeit war beinahe um.«

Ich nickte. Mama blickte zum Himmel und erzählte mir eine Geschichte von Jimmie. Auf der High-School war Jimmie einer der Großen und sie eine der Kleinen, und sie hätten immer gemeinsam den Unterricht geschwänzt und wären statt dessen in den Wald entwischt, wo sie gekifft hätten, und manchmal hätte Jimmie *Tom Sawyer* mitgebracht und ihr daraus vorgelesen. Am liebsten habe Jimmie den Friedhof einer Kirche ganz in der Nähe der Schule gemocht, und manchmal seien sie dort hingegangen. Jimmie sei mit dem Finger die Buchstaben eines flechtenbewachsenen Grabsteines entlanggefahren und habe sich für den Menschen, der dort beerdigt war, eine vollständige Lebensgeschichte ausgedacht. Einmal habe er sich auf ein Grab gelegt und die Arme auf der Brust gekreuzt.

»Warum hat er seine Arme gekreuzt?« wollte ich wissen.

»So bahrt man einen Leichnam auf«, sagte sie. »So.« Sie kreuzte die Arme über der Brust. In der einen Hand hielt sie die Schere und in der anderen wand sich eine Ranke nach unten. Ich merkte mir dieses Detail für »Toter Bruder«.

»Seinen Brief habe ich noch immer nicht gelesen«, sagte Mama.

Ich streckte meinen Arm aus und drückte ihre Hand. Sie sah zu mir herunter.

»Warum liest du ihn nicht?«

Ein Windstoß wirbelte ihr das Haar vors Gesicht. Sie lächelte, doch nur mit einer Ecke ihres Mundes. Sie sah älter aus, als ich sie je gesehen hatte.

»Wir sollten heimkehren«, erwiderte sie. »Elaine paßt auf Roo auf. Wir können das Zeug morgen holen.« Sie drückte mir die Hand, und wir trotteten nach Hause. Am Waldrand sahen wir Norther und Roxy vor dem Nebengebäude, in dem das Anfeuerholz lagerte. Sie brachen Zweige klein und warfen sie auf einen Haufen.

Während Mama Elaine bei dem Abendessen half, ging ich die Treppe hinauf in Mamas Zimmer. Leise schloß ich die Tür hinter mir. Zum erstenmal zog ich die Schublade von Mamas Kommode auf und tauchte meine Hand in die Kleider. Ich fand Jimmies Brief. Er war dick und noch immer verklebt. Ich hielt ihn an mein Herz, als könnte ich ihn in mich hineintrinken. Abends beim Essen fragte ich: »Wo ist Vietnam?«

»Es liegt auf der anderen Seite der Welt«, sagte Woody.

»Wo?« fragte ich wieder.

Eine Karte, einen Atlas oder Globus besaßen wir nicht. Es gab keine Möglichkeit, mir Vietnam zu zeigen.

»Warum haben wir gekämpft?«

»Ich weiß es nicht«, sagte Woody kopfschüttelnd.

Ich hatte diese Frage bereits früher gestellt und hatte immer wieder diese Antwort bekommen. Ich hatte genug davon.

»Irgend jemand muß das aber doch wissen«, sagte ich wütend, schob den Stuhl scharrend zurück und stürmte nach oben in Mamas Zimmer.

Ich hörte ihr Gemurmel unten und erkannte bald Woodys Schritte auf der Treppe. Er kam ins Zimmer und nahm mich in den Arm. Ich weinte. »Ich will ja nur wissen, warum wir gekämpft haben, und niemand kann es mir sagen.«

»Cedar«, sagte er. »Erwachsene wissen nicht alles.« Woody hat natürlich versucht meine Fragen zu beantworten. Er sagte etwas von Kommunismus. Ich wollte aber nichts über den Kommunismus wissen. Er erzählte etwas von der amerikanischen Regierung. Ich wollte aber nichts über die amerikanische Regierung wissen. Er erzählte mir etwas von der Wehrpflicht. Aber auch über die Wehrpflicht wollte ich nichts wissen. Er sprach von dem Moratorium. Das interessierte mich nicht die Bohne. Er sagte etwas von Kent State. Kent State konnte sich zum Teufel scheren. Ich wollte wissen, warum Jimmie tot und meine Mutter so traurig war. Warum Sol »Agitator« gespielt hatte und warum die Menschen in Saigon weg wollten und warum wir nicht glücklich waren, als der Krieg vorbei war. Ich wollte wissen, wer im Recht war. Zu guter Letzt war ich so verwirrt wie alle anderen.

Es war im November. Norther und ich kamen aus der Schule nach Hause. Elaine saß am Tisch und wickelte Garn auf. Mama stand am Herd und stocherte in einem Topf mit Ranken herum. Der Geruch erfüllte die ganze Küche, und der Dampf stieg Mama ins Gesicht. Ich setzte mich auf den Boden und spielte mit Roo. Sie hieb mit hölzernen Kochlöffeln auf Mamas Schuhe ein. Bouncey schmiegte sich an meine Beine.

»Sie stehen auf«, sagte Elaine und blickte nach oben, von wo ein Knarren und Murmeln zu vernehmen war.

Roo packte meine Finger, und ich half ihr zu stehen. Sie machte ein paar wackelige Schritte und plumpste wieder auf den Boden. »Früher hat er nie so lange geschlafen«, sagte ich.

»Vielleicht hätte ich ihn schlafen lassen sollen.« Mama knallte den Deckel auf den Topf mit den Ranken.

Die Küchentür ging auf, und Topaz kam mit der Hand vor dem Mund hereingerannt. Sie trug nichts weiter als Boxershorts und T-Shirt.

Sie rannte zur Hintertür. »Was ist denn das für ein schrecklicher Geruch?« fragte sie hinter ihrer Hand. Die Tür knallte ins Schloß, und wir konnten hören, wie sie in den Büschen würgte.

Ich machte die Tür auf und rief: »Das ist Geißblatt.«

»Ih«, schrie sie zurück. Mama nahm Roo auf und stellte sich hinter mich. Wir sahen durch das Fliegengitter, wie Topaz den Hof überquerte und zum Klohäuschen rannte.

»Ich würde mich lieber in die Büsche übergeben«, sagte ich.

Mama schloß die Tür und wandte sich zu Elaine um. Elaine hatte aufgehört, ihr Garn zu wickeln. »Ist wahrscheinlich die Trinkerei«, sagte sie und nickte, wie um sich selbst zu bestätigen.

»Ich weiß nicht ...« Mamas Stimme verstummte, und sie ließ Roo auf ihrer Hüfte wippen.

»Was ist los?« fragte ich.

»Es ist wahrscheinlich all das Bier«, sagte Elaine wieder.

Ich sehe sie noch vor mir, wie sie erneut nickte und sich dann wieder ihrem Garn zuwandte. Ich sehe auch noch, wie Mama zurück zum Herd ging, den Deckel hob und in den Ranken rührte. Und wie sie den Kopf hob, aus dem Fenster in Richtung Klohäuschen sah und wiederholte: »Ich weiß nicht ...«

Zwei Wochen später konnte ich Mama nirgendwo finden, als ich aus der Schule kam. Sie war weder in der Küche noch in ihrem Zimmer. Elaine sagte, sie sei am Körbeflechten. Sie gab mir zwei Stück Kuchen, in Küchenkrepp gewikkelt.

Als ich bei dem Nebengebäude ankam, in dem Mama immer arbeitete, sah ich nur den umgestülpten Eimer und die aufgewickelten Weinranken auf der nassen Erde. Unter einem Baum stand ein halbfertiger Korb, seine Rippen ragten in den Himmel. Ich stellte den Eimer wieder richtig hin und legte die Ranken hinein. Es würde einer ganzen Menge Milchflaschen bedürfen, um diesen Eimer wieder zu füllen, und wenn die Ranken nicht im Wasser lagen, würden sie austrocknen und brüchig werden. »Mama?« Ich schob das quietschende Tor auf. Da saß sie, im Dunkeln, auf dem Erdboden. »Mama, ist alles in Ordnung?«

»Ich habe sie aufgefordert zu gehen.«

»Das war aber auch Zeit«, sagte ich. »Möchtest du ein Stück Kuchen?«

»Weißt du, warum ich verlangt habe, daß sie gehen?«

Ich schüttelte den Kopf. Ich fand, daß es keines weiteren Grundes bedurfte.

»Topaz ist schwanger«, sagte Mama. »Er kam zu mir, um es mir zu sagen. Ich solle die erste sein, die es erfährt. Als wäre ich eine Tante oder so.«

»Wann gehen sie?«

»Sie gehen nicht. Er sagt, sie hätten kein Geld

und es ginge in den Winter und, stell dir vor, ich solle ein Herz haben! Da habe ich den Eimer umgestoßen und seine Schuhe naßgemacht.«

Ich zog ein Blatt aus Mamas Haar. »Du brauchst ein Bad«, sagte ich.

Mama fing an zu lachen. »Weißt du, was ich zu ihm gesagt habe? Ich habe zu ihm gesagt, daß ich den Tag bereue, an dem ich ihn kennengelernt habe. Ich kann es einfach nicht glauben.« Sie senkte den Kopf und begann zu weinen. Ich saß bei ihr und streichelte ihr den Rücken, bis die Dämmerung hereinbrach. Als wir die Scheune verließen und über den Hof zum Haus eilten, erglühten die Küchenfenster in einem braunen Goldton. Drinnen konnte ich Elaine sehen, wie sie die Deckel von den Töpfen hob, den Tisch deckte. Sie machte alles mit einem Arm, mit dem anderen hielt sie Roo, die auf ihrer Hüfte saß. Aus dem Fenster von Daniel und Topaz' Zimmer über der Küche drang ein kaltes blaues Licht in die Dämmerung. Ein kälteres Licht hatte ich noch nie gesehen.

Zwölftes Kapitel

Scher dich zum Teufel!

Daniel und Topaz sind nicht weggegangen. Sie haben sich noch nicht einmal bemüht, irgendeine andere Bleibe zu finden. Sie blieben einfach da, setzten ihre nächtlichen Raubzüge in die Küche fort und bauten weiter Pyramiden aus Bierdosen. Sie standen spät auf und gingen uns allen aus dem Weg. Keiner wußte, in welchem Stadium der Schwangerschaft sich Topaz befand. Doch welches Stadium auch immer es sein mochte, sie machten keinerlei Anstalten, irgendwelche Vorbereitungen zu treffen. Es kamen keine Hebammen. Sie gingen nicht zum Arzt.

Wir versuchten, nicht daran zu denken. Wir versuchten, Daniel und Topaz zu vergessen und unser Leben so normal wie möglich unter dem Zimmer mit der blauen Glühbirne weiterzuführen. Wir versuchten sie zu ignorieren. Frühstück und Abendessen nahmen wir ein wie immer, doch wenn der Fußboden über uns knarrte, schauten wir einen Augenblick zur Decke, bevor wir uns gegenseitig anblickten.

Mama verlor kein weiteres Wort über sie. Sie kochte, machte sauber und flocht ihre Körbe. Elaine backte Brot und half ihr mit Roo. Norther und ich gingen zur Schule. Roxy lernte ein neues Lied auf der Ukulele. Woody sägte Holz und schichtete die Scheite auf, und er heftete die Plastikfolie wieder vor die Fenster.

In der ersten Nacht, als er die Folie wieder vor den Fenstern befestigt hatte, riß sie los und flatterte im Wind. Wir bekamen alle Angst und dachten, es sei jemand draußen. Woody machte alle Lampen im Freien an und schlich ums Haus, ein Holzscheit in der Hand. Wir drängten uns drinnen aneinander und lauschten, wie Woody durch die Blätter stapfte. Da lachte er laut auf. »Es ist nur die Folie«, rief er. »Ich hatte sie nicht straff genug gespannt.«

Wir stimmten in sein Lachen ein, aus Erleichterung und aus Verlegenheit. Da hörten wir das Knarren des Fußbodens über uns, Topaz sprach leise mit Daniel. Elaine blickte hoch. »Es ist nichts«, sagte sie vergnügt. Sie ergriff die Hand meiner Mutter und tanzte mit ihr durch die Küche. »Nichts, wovor man Angst haben müßte«, sang sie laut. Mama lachte, und als Woody hereinkam, ließ sie Elaine los und hielt ihm den Arm hin, damit er mitmachen konnte. Wir tanzten mitten in der Küche Ringelreihen und sangen: »Es ist nichts. Es ist nichts.« Wir tanzten, bis wir alle vor Lachen über unser absurdes Benehmen umfielen. Zumindest war das der Grund, warum ich lachte. Manchmal denke ich, Mama lachte vielleicht aus einem anderen Grund. Sie lachte – endlich – darüber, wie absurd ihr Leben geworden war. Sicher bin ich mir aber nicht.

Sie hat allerdings gesagt, sie wisse nicht, was sie ohne Elaine, Woody und mich getan hätte. Ich hätte ihr mehr geholfen, als ich ahnen könne, mehr als für ein sechsjähriges Kind recht gewesen sei. Sie hat sich bei mir schon viele Male für diese Periode unseres Lebens entschuldigt. Dabei hat sie nie irgend etwas getan, was falsch war. Ich habe nur bei ihr in ihrem Eisenbett geschlafen.

Zu guter Letzt gewöhnte ich mich an das Summen des Heizöfchens und an das Knarren des Schaukelstuhls. Eines Nachts schlief ich dann durch. Auch Mama schien sich im Verlauf des Winters an die knarrende Treppe zu gewöhnen, wenn Daniel und Topaz hinunter in die Küche schlichen. Sie wachte immer seltener auf. Schließlich rollte sie sich nur noch auf die andere Seite. Dann legte ich meine Arme um sie und kuschelte mich in ihr Flanellhemd. Meine Mutter duftete nach Seife, Holzrauch und Geißblatt. Der Duft meiner Mutter war die ganze Welt für mich.

Es war an einem Samstagmorgen. Ich wachte auf, und sie stand bereits angezogen vor ihrem Schreibtisch. Ich kuschelte mich unter die Dekken und sah schweigend zu, wie sie ihr Haar bürstete und zu zwei dicken Zöpfen flocht. Sie legte die Bürste wieder hin und nahm die Fotografie von der Nacht in die Hand, in der Baby Roo geboren wurde. Ich hatte den ganzen Winter über miterlebt, wie sie das Bild genommen und immer wieder gedreht hatte. Einmal hatte sie es so dicht an den Heizofen gehalten, daß ich dachte, es würde Feuer fangen. Sie hatte aber nur versucht hineinzusehen und zog es zurück in die Dunkelheit, bevor es zu heiß wurde. An jenem Morgen blickte sie tief in jene andere Zeit und fuhr dabei mit einem Finger an der Kante des Bildes entlang. Dann öffnete sie rasch die oberste Schublade ihrer Kommode und legte es unter ihre Wäsche. Sie entnahm der Kommode Jimmies Brief, hielt ihn an die Lippen, betrachtete ihn von allen Seiten und legte auch ihn unter die Kleidungstücke.

»Ich finde, du solltest wieder nach oben ziehen«, sagte sie, sich zum Bett wendend, nachdem sie die Schublade zugeschoben hatte.

»Woher wußtest du, daß ich wach bin?«

Mama trat ans Bett, langte nach dem Lederband und band es sich um den Hals. Sie rückte die Kugel mit ihren Händen genau in die Mitte, so daß sie in der Kuhle unter ihrer Kehle lag. Auf unserer Fahrt hatte ich einmal beobachtet, wie ein Mann die Kugel an ihrem Hals befühlte, als er sich von ihr verabschiedete. Ich erinnere mich noch an seine Worte: »Ich hoffe, ich sehe dich eines Tages wieder.« Ich erinnere mich, wie sie sich einen Kuß gaben. Mama schloß ganz sanft die Augen. Ich fragte mich, ob ich meine Augen jemals so schließen würde.

Als die Kugel in der Mitte lag, hielt Mama inne. »Ich habe es nicht gewußt. Aber du bist wach, und ich finde, du solltest wieder nach oben ziehen.«

Mama hatte schon früher gesagt, ich solle wieder nach oben ziehen, aber diesmal klang sie anders. Sie klang, als sei es ihr ernst. Und anstatt wie den ganzen Winter über zu antworten: »Mama, bist du sicher?«, stimmte ich ihr zu.

»Nächste Woche hat Roo Geburstag. Ich meine, wir sollten ihn feiern«, sagte sie.

»In Ordnung«, sagte ich wieder.

»Stehst du auf?«

Ich krabbelte aus dem Bett, die Decke um mich gewickelt.

»Es ist warm«, sagte Mama. Sie versuchte, mir die Decke wegzunehmen. Ich hielt sie fest, und sie zog mich zu sich herüber und nahm mich in den Arm. Sie strich mir mit der Hand über das Haar, und es blieb an ihren Schwielen hängen.

»Ist es wirklich warm?« fragte ich und prüfte die Luft, indem ich ausatmete. Es bildeten sich keine weißen Wölkchen.

In der Wiege jammerte Roo. Mama ging zu ihr hinüber, gurrte ihr tröstend ins Ohr, während sie sie aufnahm.

»Mama, machen wir für Roos Geburtstagsfeier Eis?«

»Wir werden sehen.«

Ich griff nach dem Eimer unter dem Bett, um hineinzumachen.

»Geh zum Klohäuschen«, sagte Mama. »Draußen ist es wärmer als hier drinnen.« Ich ging barfuß nach unten. Mama hatte recht. Draußen war die Luft mild und weich. Die Erde unter meinen Füßen fühlte sich jedoch kalt an. Ich musterte den Hartriegelstrauch neben dem Klohaus, konnte aber keine Knospen entdecken. Er sah so kahl aus wie den ganzen Winter über. Doch irgendwie wußte ich, daß sich tief drinnen etwas rührte, genau so, wie sich etwas tief im Innern von Mama gerührt hatte, nach einem langen kalten Winter.

Bei meiner Rückkehr zum Haus hatte Elaine alle Türen weit aufgerissen.

»Wenn ich doch nur die Fenster öffnen könnte«, sagte sie. »Aber ich wage nicht, die Folie abzunehmen.«

Statt dessen machte sie ein kleines Feuer, das im Herd knisterte und die nächtliche Kühle vertrieb. Am Nachmittag war das Haus warm, von der Sonne durchflutet. Der Geruch des morgendlichen Feuers war durch den Duft frischer Luft abgelöst. Ich half Mama den ganzen Tag, Ranken zu sammeln.

»Du brauchst mir wirklich nicht zu helfen«, sagte sie.

»Es macht mir nichts aus.«

»Du könntest spielen.«

»Es macht mir aber nichts aus, Mama.«

»Ein letztes Mal«, sagte sie, und nach der Art zu schließen, wie sie es sagte, wußte ich, daß sie es ernst meinte.

Nach dem Abendessen ging ich nach oben und zog mein Nachthemd an. Norther und Roxy waren noch unten, und aus der Küche drangen die gedämpften Stimmen nach oben in die Dachkammer. Ich fuhr mit der Hand am Holz der schrägen Decke entlang und brach ein Stück Harz ab, das aus einem Astloch über meinem Bett ausgetreten war. Ich sah mir jedes einzelne Bild an, das an der kniehohen Wand lehnte. Ich erkannte die Bilder kaum wieder. Es war sehr lange her, daß ich in der Dachkammer gewesen war. Sie kam mir fremd vor. Wie ein Ort, an dem ich als Kind gelebt hatte.

»Kommst du wieder zu uns?« fragte Norther hinter mir.

Ich hatte ihn nicht die Treppe heraufsteigen hören.

Ich nickte. »Mama hat es gesagt.«

»Du hast mir gefehlt.« Er kam herüber und

setzte sich auf mein Bett. »Woody hat das Leck in Ordnung gebracht. Und wir haben dein Bett wieder an die alte Stelle gerückt.«

Ich setzte mich neben ihn.

»Du hast mir gefehlt«, sagte er wieder und nahm mich in den Arm.

In jener Nacht haben mich Norther und Roxy zugedeckt und mir jeden nur erdenklichen Zauber auf die Decke gelegt: immergrüne Zweige, Tannennadeln, besondere Knöpfe und Steine.

»Damit du hierbleibst«, sagte Roxy. Sie hatte aufgegeben, die Ukulele zu lernen, und ließ nun ihr Inneres klingen.

Eine ganze Woche lang war es tagsüber warm und nachts kühl. Morgens machte Elaine ein Feuer, und nachmittags öffnete sie die Türen, um die frische Luft hereinzulassen. Dabei stellte sie Überlegungen an, wann wir wohl die Folie von den Fenstern entfernen könnten.

Drei Tage vor ihrem ersten Geburtstag begann Roo zu reden. »Oxy«, sagte sie, wenn Roxy sie auf den Arm nahm. »Eder«, sagte sie zu mir. Der einzige Name, den sie perfekt aussprach, war Mamas. Sie lernte auch andere Worte. Bei Tisch schrie sie: »Essen.« »Pot«, sagte sie und hämmerte mit dem Löffel gegen einen alten Kessel. »Pot«, sagte sie wiederum, wuchtete sich auf ihren krummen Beinchen hoch und näherte sich mit unsicheren Schritten Woody, der am Tisch saß und einen Joint drehte.

Am Samstagmorgen sah ich Mama zu. Sie

stand auf der Aluminiumleiter, die gegen die große Eiche vor dem Haus gelehnt war. Mama hängte Laternen für Roos Geburtstagsfeier in die Bäume. Sie tanzten im Wind, blau, grün, gelb und rot. Beim Herunterklettern meinte sie: »Eigentlich kann ich die Leiter gleich mit in den Wald nehmen, wenn ich sie nun schon mal hervorgeholt habe.«

»Wofür?« fragte ich.

»Wisteria«, antwortete sie. »Ich will versuchen, mit Wisteriaranken zu flechten.«

»Soll ich dir helfen?«

»Nein, Cedar. Geh spielen«, sagte sie. Sie entfernte sich, die große Baumschere in der einen Hand, die Leiter unter dem anderen Arm. »Frag Elaine, ob sie Hilfe braucht!« rief sie über die Schulter zurück.

Ich rannte zum Haus. In der Küche roch es nach Schokolade. Elaine scheuchte mich nach draußen und stieß wilde Drohungen aus, was sie mit mir anstellen würde, wenn der Kuchen zusammenfiele. Ich hatte den ganzen Tag vor mir. Einen Teil verbrachte ich damit, Norther und Roxy mit dem Anfeuerholz zu helfen. Als wir damit fertig waren, gingen wir zu unserem gestauten Bach. Roxy maß seine Tiefe mit einem Stock.

»Der Teich ist tiefer geworden, ich bin ganz sicher.«

»Ich will malen«, sagte ich plötzlich. »Ich will nach oben und malen.«

Das habe ich dann auch getan. An jenem Tag habe ich drei Bilder gemalt. Ich hätte noch mehr gemalt, wenn wir nicht Roos Geburtstag gefeiert hätten, mir nicht der Karton ausgegangen wäre und die meisten Farben im Winter Frost abgekriegt hätten. Aus den Tuben kam nur wäßriges Zeug heraus. Vom Fenster aus sah ich Mama aus dem Wald kommen. Sie trug einen fertigen Korb aus dickem braunen Geflecht. Ich hörte, wie die Küchentür zuschlug. Dann rief sie meinen Namen und kam die Treppe hinauf.

»Der ist für dich«, sagte sie. »Ich dachte, du könntest ihn vielleicht für deine Socken verwenden.«

»Hast du die Ranken nicht erst kochen müssen?«

»Nicht bei Wisteria.« Mama beugte sich über mich und bewunderte meine Bilder.

»Meine Farben haben Frost abgekriegt«, sagte ich. »Sie taugen nichts mehr.«

»Ich kaufe dir neue.« Sie strich mir über den Kopf, und wieder konnte ich die Schwielen an ihren Händen fühlen, die sanft an meinen Haaren zupften. »Es ist Zeit für Roos Feier«, sagte sie. »Erinnere mich daran, daß ich die Leiter aus dem Wald hole, bevor es dunkel wird.«

Der Picknicktisch stand unter dem Baum mit den Lampions. Er war mit einem alten Laken bedeckt. In der Mitte standen ein Teller mit belegten Broten, eine große Schüssel Kartoffelsalat und ein glänzender Schokoladenkuchen mit einer einzelnen schlanken Geburtstagskerze in der Mitte. Wir bewunderten ihn beim Mittagessen und während wir abwechselnd den Griff der Eismaschine drehten. Gerade war ich von der Bank aufgestanden, denn ich war mit dem Drehen fertig und Norther hatte mich abgelöst, da hörten wir die Fliegentür schlagen.

Topaz und Daniel standen auf den Stufen des Eingangs. Seit Daniel Mama Topaz' Schwangerschaft gestand, hatten wir sie nicht mehr zu Gesicht bekommen. Topaz' Bauch war dick. Gesicht und Knöchel waren angeschwollen, und die Füße quollen aus Mokassins. Ihre blauen Wildlederstiefel hielt sie in der Hand. Vielleicht war sie im sechsten, vielleicht aber auch im siebten Monat. Niemand von uns wußte es. Daniels Bart war nicht länger ordentlich getrimmt, sondern ein Gewirr drahtiger schwarzer Haare, das bis zur Brust reichte. Er trug den zerbeulten blauen Koffer, mit dem Topaz angekommen war. Er nahm sie am Arm, half ihr die Stufen hinunter und führte sie quer durch den Hof zu seinem Auto. Er öffnete die Beifahrertür für sie und ging dann hinüber zur Fahrerseite. Keiner von ihnen richtete ein Wort an uns, und wir sagten nichts zu ihnen. Ich schwöre jedoch, daß die Vögel ihren Gesang unterbrachen und Roo ihren Löffel nicht mehr gegen das Hochstühlchen schlug. Von der Brise war nichts mehr zu spüren. Die Luft stand still wie in einem Grab.

Ich ging hinüber zu Mama und legte ihr ganz

sanft die Hand auf die Schulter. Sie berührte meine Finger. Der alte Falcon sprang an und rumpelte davon. Wir lauschten, wie er sich um die Kurven wand, für die großen Pfützen schneller und für die Querrinnen langsamer wurde. Am Fuß des Hügels, auf der Asphaltstraße, heulte der Motor auf. Dann hörten wir ihn nicht mehr. Es war stiller in Two Moons, als es je gewesen war. Eine solche Stille habe ich nur ein einziges Mal in meinem Leben verspürt. Dann frischte der Wind auf. Über mir knisterten die Lampions, und die Vögel begannen zu zwitschern. Der Griff der Eismaschine drehte sich knarrend. Roo kicherte und warf Norther Krümel ins Haar. Elaine verscheuchte scherzend Woody, der einen Finger voll Zuckerguß von der Torte mopsen wollte. Mama tätschelte mir die Hand, und wir bauten die Geschenke vor Roo auf.

Wir waren gerade dabei, alles aufzuräumen, als der Falcon zurückkam. Daniel stieg allein aus. Er ging hinüber zu den Eingangsstufen, drehte sich dann aber abrupt um und kam auf uns zu. Mama nahm Roo auf den Arm und hielt sie fest.

»Ist noch Kuchen übrig?« fragte Daniel.

»In der Küche«, sagte jemand.

Daniel sah Mama an. Er streckte den Arm aus und kitzelte Roo unter dem Kinn. Ich konnte fühlen, wie Mamas Körper neben mir langsam steif wurde, erstarrte.

»Ich wollte dir sagen, daß Topaz gegangen ist. Es ist vorbei, Sara. Es tut mir leid.«

Mama schob Roo auf ihren anderen Arm, außer Reichweite von Daniels Fingern. »Du glaubst doch nicht etwa, daß nun alles wieder so ist, wie es war?«

»Ich weiß, daß ich einen Fehler begangen habe«, sagte er und blickte zu Boden.

»Sie trägt dein Kind«, sagte Mama und ging entschlossenen Schritts an ihm vorbei ins Haus.

Ich rannte hinter ihr her und ließ meine Hand in ihre gleiten. »Soll ich heute abend bei dir schlafen?« fragte ich.

»Ich komm' schon klar, Cedar«, sagte sie. »Ich kann auf mich aufpassen.«

Ich war mir da nicht so sicher. Ich blieb den Rest des Nachmittags in ihrer Nähe, setzte mich auf den Küchenboden und spielte mit Roo, während Mama und Elaine das Abendessen zubereiteten. Norther und Roxy bettelten, ich solle nach draußen kommen, aber ich ging nicht hinaus. Als Daniel herunterkam und noch einmal versuchte, mit Mama zu reden, war ich da, im Weg. Vielleicht hätte ich mir aber auch gar nicht so viele Gedanken zu machen brauchen.

»Scher dich zum Teufel!« sagte sie zu ihm.

»Rede doch wenigstens mit mir darüber«, bettelte er.

»Wie du mit mir darüber geredet hast?« fragte sie.

»Es dauert eine gewisse Zeit«, sagte er. »Ich fahre weg und trinke irgendwo ein Bier. Brauchst du etwas?«

»Scher dich zum Teufel!« sagte Mama erneut.

In jener Nacht kam die Kälte zurück. Kaum daß die Sonne untergegangen war, zündeten wir das Feuer an, aber das war nicht der Grund dafür, daß das Haus abbrannte. Manchmal denke ich, es muß an der Leidenschaft gelegen haben, daß das Haus abbrannte. Doch im Bericht der Feuerwehr steht davon nichts.

Der Feuerwehrbericht lautete: »Das Feuer brach in einem der Zimmer aus, wahrscheinlich durch eine brennende Zigarette, die auf eine Matratze fiel.«

Es war schon spät, als Daniel in jener Nacht zurückkam. Ich schlief bereits, aber die Scheinwerfer zogen in der Dachkammer Kreise und weckten mich auf. Dann lag ich wach im Bett und lauschte den wütenden Stimmen von Daniel und meiner Mutter. Ich hatte mir geschworen aufzustehen, wenn sie zusammen ins Bett gingen. Davon konnte aber nicht die Rede sein, sie stritten noch immer, als ich schließlich wieder in Schlaf fiel.

Ich kam zu mir, weil jemand meinen Namen schrie. Meine Kehle war trocken und schmerzte. Dicke graue Rauchschwaden wälzten sich die Treppe hoch und drangen in die Dachkammer. Ich schrie gellend nach meiner Mama, aber Woody schlang seine Arme um mich. Zusammen mit Roxy hielt er mich fest in seinen Armen. Roxy hustete. Norther rannte vor uns die Treppe hinunter. Ich konnte seine Füße auf den Stufen klatschen hören. Ich hörte, wie Woody ihn beschwor, nicht stehen zu bleiben. Auf dem Vorplatz drang eine leuchtende Flammenwand aus Daniels Zimmer. Ich erkannte, daß Mama vor ihrem Zimmer gefangen war. Das Feuer wütete zwischen ihr und dem Treppenhaus. Ich hörte Roo auf ihrem Arm jammern. Ich schrie nach Mama und versuchte mich zu befreien, aber Woody hielt mich fest.

»Spring auf das Verandadach«, schrie er. »Sara, spring auf das Verandadach.«

Sie rannte in dem kleinen Flur auf und ab. Der Feuerkessel röhrte wie eine Eisenbahn. Ein Stück der Treppe brach ab und fiel nach unten. Ich schrie pausenlos: »Mama, Mama, Mama!«

Woody drückte Roxy und mich in Elaines Arme und rannte zurück ins Haus. Ich versuchte mich zu befreien, aber Elaine hielt mich umklammert. Sie trug mich nach draußen in den Hof, wo noch der Picknicktisch mit dem alten Laken stand. Ich erinnere mich, wie ich sie treten wollte, aber sie hielt mich so fest, daß ich mich kaum rühren konnte. Ich sehe noch Norther vor mir, wie er seine Arme um Roxy geschlungen hatte. Sie preßte ihr Gesicht an ihn. Dann kam der Augenblick, wo die Flammen durch das Dach schlugen. Die Plastikfolie vor den Fenstern schmolz weg, tropfte in großen roten Flecken. Woody stürzte aus dem Haus und rannte auf die Scheune zu. Elaine hatte ihre Arme wie eine zweite Haut um mich gelegt.

»Sie ist auf dem Dach«, schrie Norther. Ich hörte auf, mich zu wehren. Durch den Rauch sah ich Mama mit Baby Roo auf dem Arm am Rand des vorderen Verandadaches stehen. Das Nachthemd klebte ihr an den Beinen. Hinter ihr breitete sich das Feuer über das Dach von Two Moons aus. Woody kam mit leeren Händen aus der Scheune zurück.

»Oh Gott«, stöhnte Elaine. »Wo ist die verdammte Leiter?« Sie setzte mich auf den Boden und schüttelte mich. »Bleib ja hier!« Sie ließ mich los und rannte zum Haus. Norther legte seinen anderen Arm um mich.

Woody war inzwischen auf das Geländer der Veranda geklettert. Elaine stand genau hinter ihm. Er hielt sich an einem der Pfosten fest und streckte den anderen Arm nach oben, knapp über den Vorsprung. Mama kniete am Rand des Daches. Sie gab Roo einen Kuß und legte sie in Woodys suchende Hand. Woody packte Roo am Kragen und schwang sie über die Kante in Elaines Arme. Elaine trat einige Schritte zurück, ging aber nicht fort. Ich konnte erkennen, wie sie Roo erst auf ihrer Schulter hopsen ließ und dann untersuchte, ob sie unversehrt war. Danach sah sie hoch und beobachtete, wie Mama sich vom Dach der Veranda mit den Beinen zuerst über die Kante schob. Woody legte seine Arme um ihre freischwebenden Beine. Da explodierte das Glas in einem der Fenster des oberen Stockwerks, und meine Mutter fiel mit Woody zur

Erde. Kaum waren sie unten, rannten sie los. Woody verlangsamte seinen Lauf nur für den kurzen Augenblick, den es brauchte, um Elaines Arm zu ergreifen.

Kaum war Mama bei uns, nahm sie mich in den Arm. Ihr Körper war vom Feuer erhitzt. Ihr Nachthemd war zu einem rauchigen Grau versengt. Ich kuschelte meine Nase an ihren Hals. Sie roch nach verbrannten Haaren. Für mich hatte sie noch nie so gut gerochen. Sie befreite sich von mir und hielt mich mit ausgestreckten Armen vor sich. Sie musterte mein Gesicht, strich mir mit dem Finger über die Augenbrauen und fragte immer wieder, ob alles in Ordnung sei. Ihre eigenen Brauen waren zu drahtigen, verbrannten Löckchen geworden, ihr Haar war an den Enden zu Spiralen gedreht, ihr Gesicht war voll Rußstreifen.

»Wo ist Daniel?« fragte Woody.

Niemand wußte, wo Daniel war. Als Woody die Frage stellte, stürzte das Dach des Hauses nach innen, und die Flammen schlugen aus der offenen Haustür. Wir wichen zurück bis zu der Stelle, wo der Feldweg begann. Mama rannte zum Picknicktisch, ergriff das alte Laken und wickelte es um Roo. Hinter uns konnten wir das Heulen von Sirenen hören, die sich uns näherten.

Als die Feuerwehrwagen endlich die Auffahrt geschafft hatten, war unser Haus ein schwelender Trümmerhaufen, hinter dem die Sonne auf-

ging. Ich erinnere mich, wie Dampf in die rosa Luft stieg und die Feuerwehrmänner in der Ruine wühlten. Ich erinnere mich an die roten Lichter des Feuerwehrwagens, die über die Bäume und unsere Gesichter huschten. Ich erinnere mich an den Entdeckungsschrei und wie ich zusah, als Daniels Körper geborgen und auf die Erde gelegt wurde.

Dreizehntes Kapitel

Abschied von Two Moons

Die Nacht verbrachten wir in der Töpferei. Am nächsten Tag kam der Geistliche der Baptistengemeinde vom anderen Ende der Straße mit Decken und Kleidern. Er schaffte es, mit seinem Wagen in den Frühlingspfützen steckenzubleiben, und Woody mußte ihn anschieben. Norther, Elaine und ich begleiteten Woody den Weg hinunter. Woody schob mit allen Kräften, während der Geistliche versuchte, das Auto aus der Pfütze zu schaukeln. Woody sagte ihm dann aber, er müsse ebenfalls aussteigen und schieben. Elaine setzte sich hinters Steuer. Ich erinnere mich an die Schlammspritzer, mit denen die grauen Hosenbeine des Geistlichen beklek-

kert waren. Die Hose war aus einem Stoff gemacht, der fast so glänzte wie das Auto, bevor er damit unseren Weg hinaufgefahren war. Ich sehe noch die sechs Schachteln in den Tannennadeln am Wegrand stehen. Sie enthielten Kleider, Decken und Taschenlampen mit vollen Batterien, Geschirr und die Bibel. Als sein Wagen schließlich wieder flott war, schüttelte der Geistliche Woody die Hand und sagte: »Vielen Dank, Bruder. Kommen Sie und beten Sie mit uns.« Unsere Auffahrt hochzufahren, hat er aber nicht wieder gewagt. Unsere armen Seelen zu retten war zuviel Aufwand.

Zwei Tage nach dem Feuer tauchte Bouncey wieder auf und miaute am Tor der Töpferei. Ihr Fell war grau vor Ruß, und sie hatte keinen Schnurrbart mehr. Als sie sich an Roo rieb, hinterließ sie einen schwarzen Streifen auf Roos T-Shirt. Elaine goß ein wenig Milch aus der Thermoskanne vor der Tür in eine Untertasse. Bouncey trank drei Untertassen leer, dann machte sie es sich in der Sonne bequem.

Drei Tage nach dem Feuer wurde Daniels Körper nach Michigan überführt. Dort war er aufgewachsen, und dort lebten seine Eltern und sein Bruder. Wir konnten nichts weiter tun, als eine private Feier am Plazentagrab abzuhalten. Jeder von uns wollte etwas sagen, aber keiner äußerte ein Wort. Wir standen schweigend da, und der Wind schickte uns den Geruch von Two Moons herüber. Es war nicht länger der Duft von Keksen und Brot, Holzfeuer und Pot, es war Trümmergeruch.

Endlich sprach Elaine: »Nun, vielleicht hat im Augenblick niemand von uns etwas zu sagen.«

Wir nickten, und jeder ging seiner Wege. Woody und Elaine packten Woodys Werkzeuge und Töpferscheibe ein. Sie hatten beschlossen, in die Berge zu ziehen, und baten Mama inständig, doch mitzukommen. Sie beschworen sie, wir würden wieder ein Haus finden, noch einmal von vorne anfangen und es diesmal schaffen.

Mama sagte nein. Sie wisse nicht, was wir tun würden. Als wir an jenem Tag vom Plazentagrab weggingen, sagte ich zu ihr: »Bitte, Mama. Laß uns mit Woody und Elaine gehen.«

Sie schob Roo von einer Hüfte auf die andere und antwortete nur: »Wir hätten den Geistlichen bitten sollen. Jemanden, der ihn nicht kannte.« Sie setzte sich auf die Stoßstange des VW-Busses und blickte in Richtung Haus. Roo ließ sie auf ihrem Knie wippen. Mit der Hand betastete sie ihre Kehle, suchte nach der Gewehrkugel, die dort nie wieder hängen würde. Ich saß neben ihr und sah Woody und Norther zu, die die Töpferscheibe auf die Ladefläche des Lastwagens wuchteten.

»Bitte«, sagte Roo. »Bitte.«

Elaine kam aus der Scheune, ein paar Decken auf dem Arm. Sie schüttelte sie aus. Der Staub glitzerte in der Luft, bevor er zu Boden schwebte. Sie breitete die Decken auf den Büschen in

der Sonne aus. Dann kam sie zu uns herüber. Ihre Füße in den gespendeten Schuhen schlurften über den Boden. »Bist du ganz sicher, daß du nicht mit uns kommen willst?« fragte sie.

Ich sah Mama bittend an, doch sie nahm keine Notiz von mir. Sie stand auf und zog ihre Hose hoch, die in der Taille zusammengebunden und mit einer Sicherheitsnadel festgesteckt war.

»Bitte«, sagte Roo. Sie wiederholte, was ich seit drei Tagen sagte.

»Was hast du vor?« fragte Elaine.

»Ich weiß nicht«, antwortete Mama.

»Hierzubleiben ist sinnlos«, sagte Elaine.

»Ich muß auf Daniels Bruder warten. Er kommt in der nächsten Woche, um das Auto zu holen.« Mama setzte sich wieder hin.

An jenem Nachmittag standen wir oben an der Auffahrt. Ich hielt Baby Roo, und Mama hielt die fünfzig Dollar, die Woody ihr gegeben hatte. Zum letztenmal sahen wir zu, wie der alte rote Lastwagen den Weg hinunterpolterte. Roxy lehnte sich aus dem Fenster und winkte. Norther saß hinten, nahe der Klappe. Sein braunes Haar wehte ihm ins Gesicht. Ich hob meine Hand im selben Augenblick wie er. Dann fuhren sie um die Kurve und waren nicht mehr zu sehen.

Wie immer konnte ich den Lastwagen anhand der Motorgeräusche verfolgen. Ich hörte ihn durch die Pfützen und um eine weitere große Kurve rumpeln, über die Rinnen poltern und auf den Asphalt fahren. Ich hörte, wie er in Richtung Autobahn und über den Haw schneller wurde. Ich wußte genau, wann er wirklich weg war. Mama und ich standen da und sahen aus wie die Wachsfiguren, die wir einst in Museen besichtigt hatten.

In jener Nacht träumte ich von Woody, Elaine, Norther und Roxy. In meinem Traum war ich in der Küche und beobachtete Elaine dabei, wie sie Woodys Rücken abrieb. Dann war ich in meinem Bett in der Dachkammer und hörte, wie sie sich liebten. Norther und Roxy bedeckten mein Bett mit Tannennadeln und Herbstblättern. Ich hörte den Klang von Woodys Axt, wie er Feuerholz schlug. Und irgendwo in den Trümmern von Two Moons fand ich den Kristall, den Norther mir geschenkt hatte, und drückte ihn wieder an mein Herz.

Noch weitere fünf Tage hausten wir in der alten Töpferei. Wir machten sie so gemütlich wie möglich. Die gespendeten Decken breiteten wir wie ein Bett auf dem Boden aus. Sie waren alle limonengrün oder leuchtendorange und hatten Fussel, aber sie taten ihren Dienst, sagte Mama. Wir sortierten die Kleider, die für uns bestimmt waren, und machten vier Stapel. Einen für jeden von uns und einen mit Sachen, die keiner von uns je tragen würde, egal, wie verzweifelt wir wären. Für jeden blieb eine Schachtel übrig. Mama stellte sie an die Wand. Mit der Kleidung, die wir nicht tragen wollten, polsterten wir unser Bett. Wir schleppten Holz von dem Stapel,

der in der Nähe des Hauses übriggeblieben war, vor das Tor des Nebengebäudes. Ich holte zwei von Mamas Körben. Den einen füllte ich mit Anfeuerholz, den anderen mit dem ganzen Papier, das ich in unserem VW-Bus finden konnte, mit Ausnahme von Jimmies Briefen. Als Mama in diesem Korb auf die Bibel stieß, nahm sie sie heraus und legte sie neben unser Bett.

»Die kann ich doch nicht verbrennen«, sagte sie.

»Das Papier ist zu dünn«, stimmte ich ihr bei.

»Das meine ich nicht«, sagte sie. »Ich kann die Bibel nicht verbrennen.«

Am nächsten Morgen durchwühlte Mama den Bus, weil sie etwas suchte. »Hast du vielleicht einen Stift?« fragte sie mich.

»Ich habe gar nichts«, sagte ich.

»Ich brauche einen Stift. Ich will die Schachteln beschriften. Jedesmal, wenn ich etwas für Roo suche, schaue ich in die falsche Schachtel.«

»Du könntest etwas verkohltes Holz vom Haus nehmen«, schlug ich vor.

Mama blickte den schwarzen Umriß auf dem Hügel an. »Da kann ich nicht hingehen«, sagte sie. »Ich brauche nur einen Stift.« Sie setzte ihre Suche im Bus fort.

»Vielleicht liegt ja einer in Daniels Auto.«

»Da kann ich auch nicht nachschauen.«

»Dann mach' ich das«, sagte ich.

Ich ging zu Daniels altem Falcon und öffnete die Tür. Der Boden war mit Bonbonpapier, Limonadendosen und Bierflaschen bedeckt. Auf dem Rücksitz fand ich einen alten Skizzenblock. Er war aber schon voll mit Daniels Malereien, in der Hauptsache Skizzen, die er auf der Fahrt nach North Carolina von meiner Mutter gemacht hatte. Im Handschuhfach lag ein Stück Papier mit Topaz' Namen, und darunter stand eine Adresse. Ich ließ es da liegen. Ich fand seine Brieftasche. Ihr Leder war von seiner Gesäßtasche glänzend gewetzt. Ich nahm seinen Führerschein heraus. Er war noch immer auf New Mexico ausgestellt. Er hatte ihn nie auf North Carolina umschreiben lassen. Ich starrte in seine Augen und versuchte, so etwas wie Vergebung zu fühlen, aber ich glaube nicht, daß es mir gelang. Ich legte den Führerschein zurück. Drei Fotos fielen heraus. Alle drei schwarzweiß. Ein Bild von meiner Mutter und mir, wie wir an der Straße neben einem Schild stehen, worauf »Willkommen in North Carolina« geschrieben steht. Ein Bild von Topaz auf der Vorderveranda von Two Moons. Das letzte war von einer Frau, die ich kaum wiedererkannte: Leah von den Fotos auf den Lehmziegelwänden in New Mexico, die Daniel verließ, um bei Mama bleiben zu können. Sie stand neben einem hohen Saguarokaktus. Er streckte seine Arme gen Himmel wie ein Prediger im Fernsehen. Ich schob die Bilder zurück. Ich stieß auf einen Zehn-Dollar-Schein. Den nahm ich und zwängte ihn in die Tasche meiner Jeans. Einen Stift fand ich nicht. Ich blickte hoch.

Mama stand neben unserem Bus und wartete darauf, daß ich ihr einen Stift bringe, als ob das Finden eines Stiftes ihr Lebensinhalt geworden sei, als ob der Stift zu unserem Überleben unerläßlich sei, als ob allein die Beschriftung der Schachteln zählte.

»Ich hole etwas Holzkohle«, schrie ich zu ihr hinüber und rannte den Hügel hinauf, in Richtung der Trümmer von Two Moons.

Ich war schon einmal am Haus gewesen. Norther und ich waren außen herumgegangen, als es noch dampfte. Seit es abgekühlt war, war ich nicht wieder dort gewesen. Da stand es als Ruine über uns auf dem Hügel, aber ich hatte es nur von der Ferne betrachtet, wie den Körper eines Verwandten, der im Wohnzimmer aufgebahrt ist.

Unsere ganze Habe war in den schwarzen rußigen Trümmern verstreut wie Gegenstände aus einer Geisterstadt. Woodys alter Filzhut, dessen Rand verbrannt war, lag neben einem Stück von Elaines gelber Brotschüssel. Einer von Roxys Hausschuhen war mit Buntstiften verschmolzen. Die rückwärtige Veranda war nicht gänzlich abgebrannt, und die Dielen waren zu Streifen harter, spröder Blasen in verschiedenen Tönen geworden. Eines meiner Gemälde stand merkwürdig gegen die Überbleibsel eines Türrahmens gelehnt, als sei es von einer menschlichen Hand aufgestellt worden. Ich faßte es an, es war ein Bild des Klohäuschens. Daniel und die schwangere Mama standen davor. Das Bild war rußverschmiert, wie der braune Schmier, den mein Vater auf unseren Handabdrücken über dem Kaminsims hinterlassen hatte. Ich ließ es wieder in die Trümmer fallen.

Ich warf einen Blick in unsere Küche. Der Herd war umgeworfen und klemmte unter einem langen schwarzen Balken. Ich brach ein Stück Holzkohle für Mama ab. Als ich mich umwandte, um wegzugehen, rief mich etwas zurück. Zog meine Augen zurück auf die zerstörte Küche, forderte mich auf, es zu finden. Es war wie das Pulsieren eines riesigen Herzens. Es war wie das Schlagen von Two Moons. Das Schlagen meines ganzen Lebens. Zwischen dem zerbrochenen Geschirr lagen Töpfe und Pfannen verstreut und auch ein paar geschwärzte Scrabble-Täfelchen. Das Telefon war ein verhedderter Klumpen aus grünem Plastik, der an einem Stück Holzwand klebte, und daneben lag die Heilige, die mein Vater gemalt hatte. Ihre Hände waren erhalten geblieben, die gewölbten Handflächen mit dem Frosch. Die mußte ich haben. Ohne einen Gedanken an die Gefahr oder den Schmutz zu verschwenden, kletterte ich in das Gerümpel und holte sie mir, bog sie vor und zurück an dem großen Stück Holz, bis sie abbrachen.

Mama verlor kein Wort, als ich rußbedeckt bei der alten Töpferei ankam. Sie nahm mir die Holzkohle ab und beschriftete die Schachteln. Sie musterte die Hände der Heiligen mit dem Frosch, als

ich das Stück Holz vorsichtig an die Wand lehnte, und sagte: »Geh zum Bach und wasch dich.«

An diesem Tag kam auch Daniels Bruder David. Sie hätten Zwillinge sein können, oder es hätte Daniels Geist sein können, der die Auffahrt hochkam, den Hof überquerte und sich uns näherte. Wir standen am Tor und sahen ihm entgegen. Er hatte den gleichen Gang, die gleichen dunklen strahlenden Augen und vollen roten Lippen in dem gleichen schwarzen Bart.

»Ich komme das Auto holen«, sagte er zu Mama. Es war die gleiche Stimme, die sie zwei Jahre zuvor umworben hatte.

»Die Schlüssel stecken«, sagte Mama.

Roo beugte sich zu David, sagte aber nichts. Sie kannte weder das Wort für Papa noch Daniels Namen.

David wandte sich um und entfernte sich. Er öffnete die Tür zum Falcon und stand dann still da, starrte auf das Haus, in dem sein Bruder umgekommen war. Dann stieg er ein, startete den Motor und fuhr weg. Ich betete, daß er nicht in einer Pfütze steckenblieb. Er blieb nicht stecken, und er war so schnell wieder verschwunden, wie er gekommen war. Seine Nichte hat er nie kennengelernt.

Ich weiß nicht, was Daniel seiner Familie über Mama, mich und Roo erzählt hat. Ich weiß nicht, ob sie überhaupt wußten, daß er ein Kind hatte – oder, wenn mit Topaz alles gut gegangen war, Kinder. Und so merkwürdig es klingen mag und wie sehr ich die Frau auch verabscheute, ich habe mich immer wieder gefragt, was aus ihr und ihrem Kind geworden ist. Ich habe mich gefragt, ob es ein Junge oder ein Mädchen wurde und wie sie es genannt haben mag. Ich sehe meine Halbschwester Roo an und denke, irgendwo auf der Welt hat Roo eine Halbschwester oder einen Halbbruder. Und ich habe einen Vater namens Albert Masey, der sich Sol nannte und Heilige auf Holzwände malte. Irgendwo auf dieser Welt leben diese Menschen und atmen, aber es ist schwer, sie sich als real vorzustellen. Es ist schwierig, sich irgendwelche Menschen, abgesehen von meiner Mutter, anders als vergänglich vorzustellen. Aber vielleicht war sie die vergänglichste von allen.

Als wir hörten, wie Daniels Bruder die Reifen zum Qualmen brachte, sagte Mama: »Wir brechen auf.«

Vierzehntes Kapitel

Oma und Paw-Paw

Und so verließen wir Two Moons. Einfach so. Mama warf ihre Kleider auf das Bett im VW-Bus und zwängte Bouncey, die Katze, in die Schachtel. Bouncey steckte ihre Pfoten durch die Spalte in dem zusammengefalteten Deckel und hieb wie wild durch die Luft. Sie miaute erbärmlich, während ich hinten im Bus stand und Two Moons verschwinden sah.

Hinter Chapel Hill befreite sich Bouncey, durchstreifte den Bus und jaulte mitleiderregend, wenn andere Autos vorbeifuhren. Ich versuchte, sie auf dem Schoß zu halten, sie kratzte mich aber, bis ich sie losließ. Wir ließen sie frei im Bus herumlaufen. Ich hatte die Aufgabe, sie von Mama am Steuer fernzuhalten. Das hielt mich den ganzen Weg durch North Carolina beschäftigt. Wir hatten soeben die Grenze von South Carolina passiert, da beruhigte sich Bouncey. Sie streckte sich auf dem Armaturenbrett aus und sah sich die Straße an, als hätte sie ihr ganzes Leben nichts anderes getan.

»Wo fahren wir hin?« fragte ich.

»Zum Haus deiner Großeltern«, sagte Mama. »In Atlanta, Georgia.«

Mama schien nicht länger in Trance zu sein. Sie handelte entschlossen und schien sich dabei wohlzufühlen.

Ich war mir weniger sicher. Ich hatte meine Großeltern noch nie gesehen.

Wir fuhren die ganze Nacht hindurch und hielten nur dreimal. Zweimal, um zu tanken, und einmal, um zu essen. Von Stuckey aus rief Mama ihre Eltern an und sagte ihnen, daß wir auf dem Weg zu ihnen seien. Als sie wieder in die Fahrerkabine schlüpfte, lächelte sie und sagte: »Deine Großmutter ist wahrlich eine gottesfürchtige Frau. Sie ist ganz außer Fassung, weil du illegitim bist. Aber sie wird dich lieben lernen.«

»Was heißt das, illegitim?« fragte ich.

»Es bedeutet, daß du ohne Vater geboren bist.«

»Ich habe einen Vater. Sol ist mein Vater. Er...«

Ich wollte fortfahren: »Er hat meine Plazenta beerdigt. Er hat die Wände bemalt. Er hat mir beigebracht, wie man Joints dreht«, aber Mama ließ mich nicht ausreden.

Sie schlug die Hand vor den Mund und sagte: »Herr im Himmel, ich kann nicht glauben, daß ich so was gesagt habe.« Dann nahm sie ihre Hand vom Mund und sagte: »Es tut mir leid, Cedar. Was ich sagen wollte, war, illegitim nennt man ein Kind von einer Frau, die nicht verheiratet ist.«

»Wie Roo und ich?«

»Ja, wie Roo und du.«

»Und warum heißt das so, Mama? Niemand kann es uns ansehen.«

»Das ist alles blöde«, sagte Mama. »Es tut mir leid, daß ich überhaupt davon angefangen habe. Denk nicht mehr daran.«

Doch ich konnte es nicht so einfach vergessen. »Mama, wenn Jimmie verheiratet gewesen wäre und seine Frau schwanger geworden wäre und er vor der Geburt des Babys gestorben wäre, wäre das Baby dann auch illegitim gewesen?«

»Nein«, sagte sie. »Das ist noch tragischer.«

»Tragischer als was?«

»Als ohne Vater geboren zu sein.«

»Aber ich habe einen Vater«, sagte ich erneut. Mama schwieg.

Wir hielten bei einer Raststätte außerhalb von Atlanta, um zu schlafen. So kamen wir gerade rechtzeitig zum Frühstück an. Oma war nicht halb so unheimlich, wie ich gedacht hatte. Sie war eigentlich überhaupt nicht unheimlich. Sie schlang ihre Arme um mich und drückte mich ganz fest. So weich hatte sich noch nie ein

Mensch angefühlt, und sie duftete nach Zimt. Ihr Haar war kurz und grau, und sie trug ein völlig überflüssiges Haarnetz. Ihre Schürze war mit Mehl bestäubt. Als wir im Haus waren, bot sie uns Zimtbrötchen mit Butter an. Auf meine Bitte um Kaffee gab sie mir Milch.

Opa war dünn und zerbrechlich. Seine Haut hing lose über seinen Knochen. Er bezweifelte, daß ich es wagen würde, ein Stück Kaugummi aus seiner Tasche zu nehmen, und er bestand darauf, daß ich ihn Paw-Paw nannte. So hatte Mama ihn genannt.

Das Haus war flach und aus Backsteinen. Es stand auf einem unwirklich grünen Rasen und war von Buchsbaumbüschen umgeben, die Paw-Paw mit Hilfe seiner elektrischen Heckenschere zähmte. Die Buchsbaumbüsche waren dicker und gerader als die Wände von Two Moons.

Paw-Paw sollte mir ein Spielhaus daraus machen. Einen kleinen grünen Raum mit einem Fenster und einem Segeltuch als Dach. Ich machte einmal eine Skizze auf dem Rasen und zeigte sie ihm. Er fand die Idee gut, Oma aber nicht. Wenn es Oma nicht gegeben hätte, hätte man Opa wahrscheinlich zu allem überreden können.

Jahre später machte ich in der Kunsthochschule in Winston mein eigenes kleines Haus aus Buchsbaumgebüsch. Ich nahm dazu Paw-Paws elektrische Heckenschere, die ich geerbt hatte. Ich schnitt Fenster aus, die wie die von Kathedralen geformt waren, und fügte Rahmen mit

buntem Papier ein. Das Dach bestand aus weißem Segeltuch, auf hellgrünem Bambus aufgerollt. Ich erhielt die höchste Punktzahl für das Projekt. Später machte ich einen Beruf daraus, Spielhäuser aus Buchsbaumbüschen für Kinder reicher Eltern zu bauen. Die Häuser, in denen sie wohnten, waren so verschieden von Two Moons, daß ich meine Aufträge fast umsonst ausführte, nur damit die Kinder etwas hatten, was ein wenig klein, grün und anders war.

Im Haus von Oma und Paw-Paw erhielt ich mein eigenes Zimmer. Einst war es Onkel Jimmies Zimmer gewesen, und die dicke, zum Dreieck gefaltete Fahne, von der meine Mutter mir erzählt hatte, lag seitlich auf der Kommode. Als Oma mir das Zimmer zeigte, nahm sie die Fahne und packte sie in das oberste Fach im Wandschrank.

»Cedar«, sagte Oma, »ich weiß, dieser Raum sieht wie ein Jungenzimmer aus, aber du darfst ihn dekorieren, wie du willst. Das ist jetzt dein Zimmer.«

»Danke«, murmelte ich. Ich betrachtete die dunkelkarierte Tagesdecke auf den Zwillingsbetten, die dazu passenden Vorhänge, die fest zugezogen waren, den braunen Teppich, die ekkigen Flaschen mit Rasierwasser, in Reih und Glied vor dem Spiegel aufgebaut, neben einem Bilderrahmen mit dem Foto einer Frau mit langem blondem Haar, das sich nach außen hochwellte.

Hinter mir hörte ich meine Mutter sagen: »Mutti, wir bleiben nicht so sehr lange.«

»Bist du das?« fragte ich und deutete auf das Bild.

»Nein, das ist Cynthia«, sagte meine Mutter. »Sie war Jimmies Freundin.«

»Verlobte«, verbesserte meine Großmutter.

»Was ist eine Verlobte?«

»Jemand, die die Ehe versprochen hat«, sagte Mama.

»Vielleicht sollten wir den ganzen Kram hier wegräumen«, sagte Oma. Sie ging hinüber zur Kommode und nahm das Bild in ihre sanften Hände. Sie griff nach dem Rasierwasser.

»Laß doch stehen.« Ich berührte ihre Hand. »Für jetzt geht es.«

Oma sagte: »Ja, das können wir auch später noch machen.« Sie stellte alles wieder ordentlich auf. Räumte auch das Bild vorsichtig zurück auf die polierte Fläche der Kommode, genau in dem Winkel, in dem es vorher gestanden hatte. Ich konnte sehen, daß sie diese Bewegung seit Jimmies Tod tausendmal gemacht hatte, vielleicht tausendmal an einem Tag. »Ich glaube, sie hätten uns schöne Enkel geschenkt«, sagte sie.

»Du hast schöne Enkel«, sagte meine Mutter mit einer leichten Schärfe in der Stimme.

»Aber ja doch.« Oma schaute auf mich herunter.

Ich sah wohl nicht besonders gut aus. Meine Kleidung bestand aus abgelegtem Zeug, das mir

nicht richtig paßte. Die Hose war zu weit und das T-Shirt zu eng. Schmutzig war ich obendrein. Oma streichelte mir den Kopf. »Wir müssen für dich einkaufen gehen«, sagte sie. »Wie schrecklich.« Sie wandte sich ab und schüttelte den Kopf. Ich weiß nicht, ob sie das Feuer meinte, Jimmies Tod oder vielleicht nur mein Aussehen. Ich lernte bald, daß ich nie sicher sein konnte, woran Oma eigentlich gerade dachte.

Mama erzählte mir später, daß es ihr auch immer so gegangen sei. Nachdem Oma das Zimmer verlassen hatte und noch immer den Kopf schüttelte und von einer »schrecklichen Sache« redete, blieb Mama bei mir, an den Türrahmen gelehnt. »Wirst du hier klarkommen?« fragte sie.

Ich nickte.

»Es wird nicht für lange sein«, sagte sie. »Wir müssen nur etwas Geld zusammenkriegen, und dann reisen wir ab.«

»Einverstanden«, sagte ich.

»Nicht die Wände bemalen«, belehrte sie mich. Ihre Augen waren drohend aufgerissen. Sie hätte mich nicht darauf hinzuweisen brauchen. Ich sah selbst, daß man auf diese Wände nicht malte.

Wir müssen länger geblieben sein, als Mama ursprünglich vorhatte. Ich wohnte zwei Jahre im Zimmer meines toten Onkels, und irgendwann zog Roo zu mir. Ich entfernte nie einen der Gegenstände, die Onkel Jimmie gehört hatten. Meine eigenen Besitztümer stellte ich um seine herum. Manchmal schob ich den Schreibtischstuhl hinüber zum Schrank und zog das Fahnendreieck aus dem obersten Fach. Dann setzte ich mich auf die dunkelkarierte Tagesdecke und hielt die Fahne in genau der gleichen Weise auf dem Schoß wie meine Großmutter bei Jimmies Begräbnis, in jenem Jahr, als meine Mutter meinen Vater kennenlernte. Dann dachte ich an Two Moons und wie ich in jenem Winter bei Mama geschlafen hatte und wie sie ihren Kopf zu schütteln pflegte und sagte: »Du wärst womöglich nie geboren worden.« Ich dachte wieder an die Gewehrkugel an ihrem Lederband, das auf dem Tisch neben dem Bett aufgerollt lag. Ich dachte an Jimmies ungeöffneten Brief in Mamas Händen. Ich erinnerte mich wieder an das Glühen und Summen des elektrischen Heizöfchens. Mir fiel die Geschichte meiner Geburt ein und die Art, wie meine Mutter bei Vollmond auf das Plazentagrab zu weisen und zu sagen pflegte: »Es war genau da unten.« Und wenn ich hinsah, konnte ich Sol beinahe ums Feuer tanzen sehen, mit einem seiner perfekt gedrehten Joints, der Hof hinter ihm ein Meer von Autos.

In Jimmies Zimmer berührte ich den steifen Stoff der Fahne. Ich wollte sie auseinanderfalten, um zu sehen, ob ich sie allein zusammenfalten konnte. Sie war etwas ganz anderes als unser Dreieck vom Duschvorhang, als wir »Toter Bruder« spielten. Ich wollte Jimmies Fahne über die häßlich karierte Tagesdecke ausbreiten und darunterkriechen.

Meine Mutter schlief in ihrem alten Zimmer auf der anderen Seite des Flurs. Die Tagesdecke auf ihrem Doppelbett war mit rosaweißen applizierten Pudeln bedeckt. Hinter dem Spiegel über der Kommode hingen Mamas Pompons in den Farben ihrer Schule, blauweiß, herunter. Über einem der Betten war ein Plakat der Beatles mit Stecknadeln befestigt. Darauf hatten sie weder Bärte noch schulterlanges Haar. Es war nicht zu vergleichen mit den Bildern des Weißen Albums, die wir an den Wänden unseres Klohäuschens zurückgelassen hatten. Am Spiegel von Mamas Kommode steckte eine Fotografie von Jimmie in Arbeitskleidung und Stiefeln. Seine Erkennungsmarke baumelte vor seiner unbehaarten Brust. Grinsend stand er vor einem umgestürzten Jeep. Er hatte Grübchen und hielt zwei Finger in die Höhe zu einem »V«. Sein Kopf war nicht militärisch glattrasiert, sondern er hatte einen Wust blondgelockter Haare. Das Land hinter ihm war flach und grün, und der Himmel war flach und blau.

»Hast du je seinen Brief gelesen?« fragte ich meine Mutter eines Tages und faßte das Bild an.

»Nein, nie«, sagte Mama. Sie saß auf dem Bett und entfernte Preisschilder von neuen Kleidern.

»Wünschst du dir, es getan zu haben?«

»Ich wünsche mir, er wäre nicht verbrannt«, sagte sie. Sie hängte die Kleider auf Bügel. »Morgen gehe ich auf Jobsuche.«

»Darin?« Ich hob den grauen Rock und die schwarzen Schuhe mit den kleinen Absätzen hoch.

»Ja, darin.« Sie nahm sie mir weg.

»Kannst du mit denen überhaupt laufen?«

»Natürlich kann ich das.«

»Zeig mal.«

Mama seufzte. Sie kickte ihre flachen Schuhe weg und zog die kleinen Schuhe über. Sie trippelte über den Boden. Sie knickte nur einmal um.

»Schon ganz gut«, sagte ich. »Hast du trainiert?«

»Ich muß eine Stelle finden, Cedar.«

Mit dieser Kleidung und einer Strumpfhose angetan, die wunderbarerweise während des Vorstellungsgespräches keine Laufmasche bekam, erhielt meine Mutter eine Stelle als Sekretärin in einer Sozietät. Sie arbeitete acht Stunden am Tag, fünf Tage in der Woche. Sie stellte sich nach und nach eine Garderobe zusammen, sparte ihr Geld und versuchte, eine Wohnung zu finden, die wir uns leisten konnten. Sie schaffte es jedoch nie. Ihr Gehalt reichte nicht für Miete, Nebenkosten, Nahrung für drei und Babysitter. Fast ein Jahr lang verbrachte sie mit der Wohnungssuche. Sie las die Anzeigen und fuhr jedes Wochenende mit dem alten Bus los. Doch montags waren wir wieder in dem niedrigen Backsteinhaus mit dem grünen Rasen. Und in der Zwischenzeit hatte ich angefangen, Hamburger zu essen und fernzusehen.

Es war an einem Samstagnachmittag. Mama und ich waren in Atlanta herumgefahren und hatten uns Wohnungen angesehen. Die wir uns leisten konnten, waren dreckig und dunkel. Es war sinnlos, uns Wohnungen anzusehen, die wir uns nicht leisten konnten. Roo war bei Oma. Mama und ich hatten den ganzen Tag gesucht. Mama hatte uns belegte Brote und Cola gekauft, und wir gingen in einen Park, um sie zu essen. Ich war acht. Wir setzten uns an einen Picknicktisch und breiteten unser Mittagessen aus. Der Wind wehte Mama das Haar ins Gesicht, und sie knotete es geschickt in ihrem Nacken zusammen. Es würde halten, bis wir fertig waren. Ich hatte sie es schon früher auf diese Weise zurückknoten sehen. Ich machte gerade meine Tüte mit Kartoffelchips auf, als ein Mann vorbeiging. Sein langes dunkles Haar wippte in der Brise. Er lächelte Mama zu und sagte hallo.

»Wer war das?« fragte ich, obwohl ich wußte, daß sie sich nicht kannten. Mein ganzes Leben lang hatte ich erlebt, daß die Männer Mama so anlächelten.

»Ich weiß es nicht«, sagte sie. Sie blickte seiner schlanken Gestalt nach, die den Hügel hinunterwanderte. Ich versuchte zu sehen, was sie sah, aber was immer sie in den bluejeansgekleideten Hüften entdeckte – mir entging es. Mama seufzte. »Mir fehlt Berührung.« Ich legte meine Hand auf ihre. Sie schaute auf mich herab, lächelte mich an, schüttelte aber den Kopf.

»Mir fehlt ein Mann.« Zum allerersten Mal sagte sie mir, daß es etwas gab, das ich nicht für sie tun konnte.

Inzwischen wohnten wir ein Jahr bei Oma und Paw-Paw. Die Wohnungen, die wir besichtigten, waren Wohneinheiten, eine neben die andere gezwängt, mit Küchen ohne Fenster über der Spüle oder ganz ohne Fenster. Ich fühlte mich am ehesten wie in Two Moons, wenn ich am Bach hinter dem Backsteinhaus saß. Nach der Schule setzte ich mich ans Ufer, warf Steine hinein, machte Skizzen oder lag einfach mit geschlossenen Augen auf dem Rücken. Eines Tages baute ich ein Segelboot wie das, das Jimmie für Mama gemacht hatte. Ich setzte es ins Wasser und beobachtete, wie es in der Strömung untertauchte und kenterte. Sein Segel aus Küchenkrepp rutschte vom Bleistiftmast und weichte auf. Oma kaufte nie die beste Marke, egal, wovon.

Roo war zwei Jahre alt. Sie konnte laufen und sprechen, und etwas in mir tat weh, wenn ich an sie dachte. Sie würde nie auf Wände malen dürfen. Ihre Fußböden würden immer eben sein und von einer einzigen Farbe. Ihre Wanne würde immer voll und das Wasser immer warm sein. Ich hätte gewünscht, sie würde Schwammbäder kennenlernen und Literflaschen voll Wasser hinter dem Herd und die Kühle des morgendlichen Gangs zum Klohäuschen, denn zu diesen Dingen gehörte das stille Schweben einer Eule auf Mäusejagd, das tröstliche Knattern von Plastik-

folie, die zugige Fenster abdichtet, und die strahlende Wärme eines guten Feuers.

Mama fing an, mit einem Anwalt aus ihrer Kanzlei auszugehen, mit einem Mann namens Jack. Ich glaube, Mama hatte nicht mehr Ahnung vom Ausgehen als ich. Sie gingen ein Jahr zusammen aus. Vielleicht liebten sie sich an irgendeinem anderen Ort, aber ich erfuhr es nie. Am nächsten Morgen war sie immer zu Hause und schlief allein unter der rosaweißen Pudeltagesdecke.

Jack war schlank und glattrasiert. Ich mochte ihn, nachdem sie verheiratet waren, aber er war ganz anders als alle Männer, die ich kannte, so daß er mir gar nicht wie ein Mann vorkam. Er war beständig und voraussehbar. Wahrscheinlich genau das, was wir brauchten. Wir zogen mit ihm nach Richmond, Virginia, und er bezahlte für Roo und mich eine Privatschule, und uns fehlte es nie wieder an etwas.

Roo und ich nahmen an der Hochzeit teil. Wir trugen rosa Kleidchen mit steifen weißen Petticoats. Mamas Kleid war eine wogende weiße Wolke. Oma weinte. Der Hochzeitskuchen war hoch und süß, mit einem Paragraphen aus Zukkerguß auf der obersten Lage.

Das war das letztemal, daß ich Norther, Roxy, Woody und Elaine gesehen habe. Woody tanzte mit mir, und ich stand auf seinen Schuhen. So hatten wir schon in der Küche von Two Moons getanzt. Sie hatten ein Haus in den Bergen gefunden. Elaine zufolge war es ein riesiges verlassenes Herrenhaus mit vier Meter hohen Räumen, und vom Speicher drangen merkwürdige Geräusche. Sie nannten es Toad Hall und bewohnten es zusammen mit einigen anderen Leuten. Von Norther erfuhr ich, daß es kalt war und selbst Elaines perfekte Feuer es nicht erwärmten.

Er sagte mir dies draußen auf dem Friedhof der Kirche. Wir hatten uns weggeschlichen und hinter den größten Grabstein gesetzt. Wir hielten Händchen, und das war alles, was er sagte. Was mich anbelangt, so sagte ich gar nichts. Doch ich weiß, daß wir mindestens eine Stunde so saßen und fühlten, wie unsere Finger ineinander verschlungen waren.

Fünfzehntes Kapitel

In Liebe, Jimmie

Eines muß ich Jack lassen. Er zog mit uns in ein Haus, keine Wohnung. Unser Haus hatte ein Fenster über dem Spülstein, und das war wichtig für Mama. Das Fenster blickte auf einen großen Garten, in dessen Mitte eine Laube stand.

Und noch eines muß ich Jack lassen. Seine Liebe und Fürsorge für Mama und uns waren unerschütterlich, und er war ein verdammt guter Koch – wenn er einen Grill hatte.

Er machte seine eigene Kanzlei auf, und Mama war seine Sekretärin. Ich wurde in einer privaten Quäkerschule angemeldet, obwohl niemand von uns Quäker war. Als Roo sechs wurde, meldete er sie bei derselben Schule an. Roo bestand darauf, daß ihre Lehrer, Klassenkameraden und ich – wenn ich doch bitte daran denken würde – sie Pat nannten, Kurzform von Patina. Zu Hause blieb sie Roo.

Mama und Jack hatten keine eigenen Kinder. Offenbar waren wir genug. Nachts lauschte ich auf die Geräusche des Liebens, Geräusche, die mir in Two Moons so vertraut geworden waren. Ich hörte sie nicht oft. Statt dessen hörte ich ein sanftes Murmeln, ruhige Diskussionen über die Kanzlei, einen Fall, den Jack übernommen hatte, oder die nächste Ferienreise.

Ich gewöhnte mich an die Sicherheit dieser Welt, ohne zu wissen, daß sie sicher war. Wir hatten ein Haus mit einem Thermostat an der Wand und Heizung in jedem Zimmer. Eine Fingerbewegung, und die Wärme war da. Wir hatten fließend warmes und kaltes Wasser und eine Spüle aus rostfreiem Stahl. Die Toilette im Haus wurde von einer Frau gereinigt, die einmal in der Woche kam. Wir hatten eine Spülmaschine, eine Tiefkühltruhe voller Fleisch, und unsere Autos fuhren. Wir hatten keinen Bach, den man stauen, keine Pfützen, durch die man platschen konnte, und auch keinen Nachthimmel voll glänzender Sterne. Unsere Wände waren weiß und sauber, unsere Böden eben.

Ich sah, wie Mama versuchte die Vergangenheit zu vergessen. Sie erzählte nicht länger ihre Geschichten. Sie versuchte, in die nächste Phase ihres Lebens einzutreten. Und doch veränderten

sich einige Dinge nicht. Jimmies Briefe waren noch immer im VW-Bus, der auf der Auffahrt stand.

Als ich elf Jahre alt war, starb John Lennon. Mama bestand darauf, die Kanzlei zu schließen, und Jack gab nach. Sie holten mich von der Schule ab. Wieder zu Hause, schickten sie den Babysitter weg. Roo war fünf. Jack blieb bei ihr, Mama und ich gingen hinaus zu unserem alten VW-Bus. Wir legten uns auf die Kleider, die noch immer den Boden bedeckten. Mama weinte, und ich hielt sie im Arm. Um acht brachte uns Jack belegte Brote, Decken und eine Taschenlampe. Dann ließ er uns allein. Mama und ich verbrachten die Nacht des 8. Dezember 1980 zusammengekuschelt im rückwärtigen Teil des VW-Busses, den mein Vater für meine Geburt gekauft hatte. Die Kleider, die wir an dem Tag, als wir Two Moons verließen, in den Bus geworfen hatten, strömten Brandgeruch aus, und Mama und ich wachten während der Nacht mehrmals auf. Sie sprach mit mir, wie sie es während des letzten Winters in North Carolina getan hatte. Sie sprach über die gleichen Dinge. Sie erzählte mir Geschichten von Two Moons, meinem Vater und Daniel, und beim Licht der Taschenlampe las sie mir aus Jimmies Briefen vor. Ich hatte sie eines Tages alle gelesen, bevor Mama von der Arbeit nach Hause kam, aber mit Mamas Stimme und Mamas Gesicht im schwachen Schein der Taschenlampe hörte ich Jimmie.

»Die Blutegel sind so groß wie Schnecken. Wir hatten fünf Gefallene und zehn Verwundete.«

Ich hörte Granatwerfer. Ich hörte Schreie. Ich hörte die Namen von beinahe 60 000 Menschen an einer Mauer, die noch nicht errichtet war. Und er unterzeichnete jeden einzelnen Brief mit den noch verbleibenden Tagen.

»Zwei Monate habe ich hinter mir und noch zehn vor mir. In Liebe, Jimmie.«

»Noch sechs Monate. In Liebe, Jimmie.«

»Nur noch zwölf Wochen, Sara, und ich bin in den Staaten.«

Als ich sechzehn war, verkaufte meine Mutter den VW-Bus schließlich doch. Ich entfernte das limonengrüne Tuch meines Vaters, das noch immer um den Schalthebel gebunden war. In der Auffahrt stehend sah ich zu, wie der Abschleppwagen den alten Bus mitnahm. Als er nicht mehr zu sehen war, steckte ich das Tuch in meine Tasche und ging ins Haus. Dort backte ich drei Laib Brot, und als sie fertig waren, backte ich drei weitere. Weder Mama noch Jack verloren ein Wort darüber. Als die Abendbrotzeit kam und ich noch immer in der Küche war, bestellten sie eine Pizza.

Das limonengrüne Tuch packte ich in einen Schuhkarton, wahrscheinlich war es noch schmutzig vom Schweiß meines Vaters. Ich legte die Hand der Heiligen dazu, die ich aus den Trümmern gerettet, und die Zehn-Dollar-Note,

die ich aus Daniels Brieftasche gestohlen hatte. Ich hätte noch gern andere Gegenstände in diesem Karton gehabt. Ich wollte den Kristall haben, den Norther mir geschenkt hatte, eine getrocknete Blume von Elaines Strauß im Gummistiefel, die Bilder, die ich nicht aus Daniels Brieftasche gestohlen hatte und die mir jetzt wichtiger gewesen wären als die zehn Dollar. Doch damals war ich ein Kind. Ich wußte, daß wir Geld brauchten; ich wußte, daß Daniel an dem Feuer Schuld hatte, daß er meine Mutter verraten hatte, daß all dies nicht geschehen wäre, wenn Topaz nicht gewesen wäre, und ich dachte, wir hätten kein Dach über dem Kopf.

Als ich siebzehn war, ließ Jack Dachfenster in mein Zimmer einbauen, damit ich besseres Licht zum Malen hätte. Für Mama kaufte er eine Badewanne mit Klauenfüßen, und für Roo, die gerade elf geworden war, gab er eine Party in einem schicken Freizeitpark. Jacks Kanzlei lief sehr gut.

In jenem Jahr starb Paw-Paw. Er wurde neben Onkel Jimmie begraben. Diesmal konnte ich selbst die kalten Metallstühle fühlen und sehen, wie Oma ein weiteres Fahnendreieck auf ihrem Schoß faltete. Zu Hause legte sie es in den Wandschrank auf Jimmies Fahne.

Im Haus drängte sich eine Schar wohlmeinender Nachbarn und Freunde, die gebackenen Schinken und Wackelpudding voller Nüsse und winziger Marshmallows brachten. Es war einfach, mich in Jimmies Zimmer zu schleichen und wieder einmal auf der karierten Tagesdecke zu sitzen, diesmal mit zwei Fahnen auf dem Schoß. Ich wollte auch in Zukunft wissen, welche wem gehörte, deshalb markierte ich Jimmies Fahne mit einem kleinen Tintenstrich auf einem der weißen Streifen.

In Jimmies Zimmer hatte sich nichts verändert. Da standen die Flaschen mit Rasierwasser und Cynthias Bild, und der dunkelkarierte Vorhang war noch immer vorgezogen. Solange Oma lebte, würde sich nichts ändern. Als ich das Zimmer verließ, schloß ich die Tür mit einem Klikken, ging hinaus in Paw-Paws Geräteschuppen und nahm mir seine Heckenschere. Die Buchsbaumbüsche waren seit Jahren nicht geschnitten worden, sie wucherten vor dem Haus.

1986 wurde ich in die Kunsthochschule von North Carolina aufgenommen. Jack warnte mich davor, Kunst zu studieren, es sei unpraktisch. »Und was sollte sie sonst studieren?« fragte meine Mutter, und er nickte. Er wußte, daß ich zu nichts anderem taugte als dem, was ich mein ganzes Leben lang gemacht hatte.

In der Uni hatte ich zwei Ausstellungen für mich allein. Eine für meine frühen, abstrakten Arbeiten und die andere für die Bilder, die ich jetzt malte, Landschaften und verlassene Gebäude, über deren Geschichte ich spekulieren konnte, die ich aber nie erfahren würde. Indem ich sie malte, wurden sie mein eigen, zumindest hatte

ich für eine Weile die Freude an ihrer Gesellschaft.

Die Gegend um Winston-Salem war voll verlassener Gebäude, und jedes Wochenende fuhr ich die Feldwege ab und hielt nach den verräterisch hohen Eichen Ausschau, die in der Regel das Zeichen eines alten Hofes waren. Ich ging mit einem Gärtner aus, und er begleitete mich manchmal. Doch als er anfing, die Osterglocken und Büsche auszugraben, die dort wuchsen, weigerte ich mich, ihn weiterhin mitzunehmen. Als ich ihm meine Gründe nannte, schimpfte er mich eine verdammte Künstlerin und machte mit mir Schluß. Der Garten, den er vor meiner Haustür angelegt hatte, vertrocknete, starb ab und verunkrautete schließlich ganz. Einst gepflegt, war er nun so wild wie die Orte, die ich malte.

Zwei Jahre ging ich auf die Kunsthochschule, dann brach ich mein Studium ab. Das war im Sommer 1988. Eine Frau, die mein Buchsbaumhaus gesehen hatte, beauftragte mich, eins für ihr Kind zu machen. Durch Mund-zu-Mund-Propaganda entstand mein Geschäft. Zu Jack und Mama sagte ich, ich bräuchte ein Jahr Pause, das Buchsbaumhausgeschäft sei zu lukrativ, um es an den Nagel zu hängen und zur Uni zurückzukehren. Jack meinte, ich wisse nicht, was Geldverdienen sei. Und im Vergleich zu den Einkünften eines Anwalts hat er natürlich recht. Mir macht meine Arbeit jedoch Freude. Ich führe kein schlechtes Dasein. Ich zahle meine Miete, fahre ein Auto, habe genug zum Leben und habe Zeit fürs Malen und Zeichnen. Diese Art zu leben gefällt mir besser als das Studentendasein. Meine Buchsbaumhäuser wurden schon einige Male in der Zeitung abgebildet, und im vergangenen Jahr sprach ich am berufskundlichen Informationstag vor Roos Klasse.

Die Uni liegt jetzt ein Jahr zurück, vielleicht nehme ich mein Studium ja eines Tages wieder auf. Jack rät mir, das zu tun. Es würde nicht einfacher, je älter ich würde, und ich könnte nicht immer Buchsbaumhäuser für die Kinder reicher Eltern machen. Mama meint, ich solle auf Jack hören, denn ohne ihn hätte ich vielleicht gar nicht auf die Uni gehen können. Ohne Jack würden wir noch immer in Omas Haus wohnen oder in einem Haus wie Two Moons, in einem Haus, das so gut wie keine Miete kostete, keine Installation hätte und nur über einen langen, schlammigen Weg zu erreichen wäre.

Vor drei Wochen starb Oma. Sie wurde zwischen Paw-Paw und Jimmie begraben. Die Bäume um den Friedhof leuchteten in den Herbstfarben, und während des Gottesdienstes folgte eine Bö auf die andere und löste raschelnd die Blätter.

Jack und Roo fuhren sofort nach der Beerdigung nach Richmond, aber Mama und ich blieben noch eine Woche. Wir sahen die Dinge im Haus durch und entschieden, was wir behalten und was wir dem Auktionator geben wollten. Ich

nahm Jimmies und Paw-Paws Fahne mit und das Foto von Jimmie, das noch immer an Mamas Spiegel klebte. Mama schien nichts zu wollen.

»Ich will dieses Haus verkaufen, sonst nichts«, sagte sie eines Abends, als sie am Küchentisch saß und Hühnchen aß. »Ich will einfach weg und nie wieder zurückkommen.«

»Aber deine Familie ist hier begraben«, sagte ich.

»Tu mir einen Gefallen, Cedar. Wenn ich sterbe, laß mich verbrennen. Es ist billiger und sauberer. Ich hasse Särge.«

»In Ordnung«, sagte ich. »Möchtest du, daß deine Asche verstreut oder in einer Urne aufbewahrt wird?«

»Verstreut«, sagte sie zu mir. »Aber ich weiß nicht, wo.«

In jener Nacht wachte ich auf, weil Mama zu mir in Jimmies Bett krabbelte. »Verstreue meine Asche in Two Moons«, flüsterte sie. »Da möchte ich sein.«

»Wir können hinfahren«, sagte ich zu ihr. »Du brauchst nicht nach Hause zu fliegen. Du kannst mit mir fahren. Wir können mit dem Auto zurückfahren und Two Moons einen Besuch abstatten.«

»Das geht nicht«, sagte sie.

»Warum nicht? Jack kommt ohne dich klar, und du weißt, daß er Verständnis haben würde.«

»Ich kann nicht dorthin zurück.«

Mama flog am nächsten Tag. Im Flughafen

nahm sie mich in den Arm und sagte: »Fahr an meiner Stelle. Bring mir etwas von dort mit.«

Two Moons war nicht einfach zu finden. Der Haw und die 15-501 waren da, wie immer, aber ich bin fast eine Stunde lang in die falschen Straßen abgebogen, und dann fuhr ich weitere dreißig Minuten an der Auffahrt vorbei, bis ich sie endlich erkannte. Der verbeulte blaue Briefkasten hat sie mir verraten. Ich hatte nach ihm Ausschau gehalten, erwartete ihn aber auf dem alten Betonpfahl. Statt dessen lag er im Graben. Das Blau fiel mir auf. Ich hielt an und spähte in das Buschwerk. Da sah ich Elaines Gummistiefel. Er war noch immer mit getrockneten alten Blumen gefüllt, und darüber hing das alte Schild mit der Aufschrift: »Willkommen in Two Moons.«

Ich stieg aus und kämpfte mich durch das Gestrüpp von Unkraut und Brombeerbüschen. Als ich an dem Brett zog, zerfiel es in zwei nasse, faulige Teile. In der linken Hand hielt ich Daniels immergrünen Baum mit den sich überschneidenden Monden und den Worten: »Willkommen in Two Moons.« In der rechten: »Unerfahrene Fahrer bitte aussteigen und zu Fuß gehen.« Ich setzte mich auf den Felsen, unter dem Daniel die Post meines Vaters vergraben hatte, und fügte das Schild an der gezackten Bruchstelle zusammen. Es fiel wieder auseinander, in meinen Schoß. Ich sah hinüber zur Straße, und ich erinnerte mich, daß ich hier immer mit Norther

auf den Schulbus gewartet hatte. Mir fielen auch die Luftschlangen ein, mit denen Elaine an unserem ersten Schultag den Briefkasten geschmückt hatte. Ich stand auf und nahm Elaines Blumen aus dem Stiefel und warf sie und das Schild in meinen Kofferraum.

Ich hatte keine Ahnung, was mich auf dem Weg nach oben erwarten würde. Ich war ihn nie hinaufgefahren. Ich hatte aber Erfahrung durch die ausgewaschenen Feldwege in der Umgebung von Winston-Salem, die ich auf meiner Suche nach geeigneten Objekten zum Skizzieren und Zeichnen entlanggefahren war. Ich gab Gas und nahm Kurs Richtung Hügelkuppe. Der Weg war schlimmer denn je. Ich hielt mich mit Mühe am Rand der Rinnen, kurvte um Schlaglöcher und pflügte durch die großen Pfützen, wobei die Hinterräder hin- und herschwammen. Plötzlich war ich da. Der Hof war wild, zugewuchert und einsam. Das Haus lag als schwarzer Knoten auf dem Hügel. Links erstreckten sich die Nebengebäude, und rechts, über den Steinen um mein Plazentagrab, hatte sich Efeu ausgebreitet. Ich hatte noch zwei Stunden bis zum Sonnenuntergang, doch machte ich einen Bogen um das Haus und verschwendete meine ganze Zeit damit, alles andere zu besichtigen. Ich weiß nicht, warum. Ich glaube, ich hatte nicht nur vor Daniels Geist Angst, sondern vor unser aller Geister. Woodys, Elaines, Northers, selbst Mamas und meinem eigenen.

Zuerst ging ich in die Töpferei. Ich hörte wieder das Quietschen des Tretrades, wenn Woody darüber kauerte und mit seinen lehmigen Händen eine Schale formte. Mir fielen auch wieder unsere Decken auf dem Boden ein und unsere Schachteln mit den geschenkten Kleidern, die Mama mit Holzkohle beschriftet hatte. Jemand hatte einen alten Autositz hineingeschleppt; neben dem Herd lag ein kleiner Stapel Zweige, und auf die Holzwände neben dem Fenster war ein riesiges Herz mit den Worten gesprüht: »Billy liebt Belinda.« Auf der Fensterbank stand noch ein schmutziges Sektglas. Ich wußte, daß es dasjenige war, das meine Mutter aus dem Klohäuschen geworfen hatte, als sie auf den Knien meines Vaters saß. Es war mit vertrockneten Wiesenblumen gefüllt. Ich nahm es mit.

Im nächsten Gebäude befand sich einst Mamas Körberei. Es war noch immer voll mit den hellen Körben, die sie während des letzten Winters geflochten hatte. Sie waren mit dicken, staubigen Spinnweben überzogen. Ich fragte mich, warum wir sie nicht mitgenommen hatten. Mama hatte sie geflochten, um sie zu verkaufen, hatte sie aber hiergelassen. Ich wollte sie alle mitnehmen und schleppte so viele, wie ich konnte, zum Auto, füllte den Kofferraum, den Rücksitz und den Beifahrersitz. Doch es waren noch immer Körbe in der Scheune. Ich wählte drei besonders schöne aus und stellte sie zuletzt in den Wagen. Einer war für Mama, einer für Roo und einer für Jack.

Ich lief den Hügel hinab zum Picknicktisch unter der Eiche. Die Lampions von Roos Geburtstag waren weg, aber Schnurreste hingen noch von den Zweigen. Ich wischte die Blätter vom Tisch und ließ meine Hand über das Holz gleiten. Der Schimmel hatte es fettig gemacht, und es war nicht länger rot, sondern fast überall schwarz und grau.

Ich besichtigte das Klohäuschen, ging vorbei an Elaines Blumengärten, die mit Steinkreisen umgeben waren, am Gemüsegarten, der mit einer Reihe alter Tomatenstöcke gekennzeichnet war. Meine Füße fanden den Pfad, der einst ausgetreten und sichtbar, nun aber von Unkraut überwuchert war. Im Klohäuschen lag eine Rolle Toilettenpapier auf der kleinen Sitzbank. Das Papier war feucht, zerrissen, alles war voll von Mäusekot. Spinnweben schwangen sich über den Sitz. Jemand hatte die Bilder der Beatles heruntergerissen, nur die Ecken waren noch an den Wänden festgeheftet. Ich wischte den Sitz ab und setzte mich, sah auf den Hof in Richtung Haus. Das orangefarbene Verlängerungskabel schlängelte sich noch durch die Bäume und endete als geschmolzener Kloß, der an der Veranda baumelte.

Ich ging quer über den Hof, zurück zu meinem Plazentagrab, und verbrachte eine Stunde damit, das Efeu wegzureißen. Ich weiß nicht, warum. Es war wahrscheinlich bereits wieder über die Steine gewachsen, bevor ich abfuhr. Und dennoch riß ich es weg, saß bei den Steinen und wünschte mir, daß Mama bei mir sei. Ich fragte mich, wo mein Vater war, und ich dachte an Topaz, wie sie die Arme nach hinten streckte und einen der Steine packte, während Daniel sie bumste. Der nächste Tag fiel mir ein, als Mama noch schlief und ich hinausgegangen war, um den weggerollten Stein wieder an seinen Platz zu legen.

Die Sonne ging unter, und es wurde immer kälter. Da ging ich endlich hinauf zum Haus und betrat die rückwärtige Veranda. Ich kletterte in die Trümmer. Woodys Mütze war in eine Ecke geweht. Ich hob geschmolzene Plastikschüsseln auf und ließ sie gleich wieder fallen. Dann hob ich sie erneut auf. Ich schleuderte sie über die Veranda, ins Gras. Ich nahm ein Stück gelbblauer Scherbe auf. Elaines Brotschüssel. Auch die Scherbe landete im Hof. Woodys Hut. Eine angesengte Maiskolben-Pfeife. Der Griff des Geißblattkochtopfes meiner Mutter. All diese Gegenstände landeten auf einem Haufen im Hof. Ich wußte nicht, was ich damit anfangen würde. Nur daß ich daraus etwas für Mama machen würde. Eine Collage? Eine Skulptur? Ich mußte etwas aus den Trümmern von Two Moons machen. Ich mußte es für Mama tun. Sie würde es nie selbst können.

Eines meiner Bilder war unter einem verrußten Balken festgeklemmt. Ich zog daran, bis es frei war. Ein Stück Stoff. Braunes Karo, schwarz von Ruß. Der Bademantel meiner Mutter. Ein Haus-

schuh. Roxys. Ich kniete mich hin und begann mit den Händen in dem Gerümpel zu graben, legte mehr und mehr von den Menschen frei, die wir einst waren. Der geschmolzene Knopf des Fernsehers. Der Deckel eines Marmeladeglases. Elaines kleine Handschaufel ohne Stiel. Damit wühlte ich in den Trümmern. Je tiefer ich grub, desto mehr fand ich und desto weniger hatte es unter dem Wetter gelitten.

Rosa ging die Sonne unter, und die Bäume sahen aus wie schwarze Spitze. Und noch immer grub ich weiter. Ich fand das alte Buch *Winnie the Pooh*, von der Feuchtigkeit aufgequollen. Die Seiten klebten zusammen, und der Umschlag war versengt, aber ich erkannte es. Es wurde bereits dunkel. Ich war allein im Wald und grub mich wie verrückt durch ein abgebranntes Haus. Eine Angel, ein Türknopf. Ich konnte nicht aufhören. Ich fühlte, daß ich mich irgend etwas näherte. Ich wußte nicht, was. Aber es war dunkel. Ich konnte kaum sehen. Ich steckte meine Hände in das Gerümpel, siebte es durch, nahm harte Stückchen Kohle heraus, siebte, suchte, siebte, bis etwas anderes in meiner Hand lag. Es zerkrümelte nicht wie Holzkohle. Es war klein und glatt. Ich konnte es nicht erkennen.

Ich tastete meinen Weg aus den Trümmern und den Hügel hinunter zu meinem Auto. Die Innenbeleuchtung tat es nicht. Ich machte die Scheinwerfer an, und sie bestrahlten unheimlich die Reste von Two Moons. Eine Eule heulte im

Wald, sie war so nahe, daß ich das Grunzen in ihrer Kehle hören konnte. Ich hielt das Halsband in der Hand, die Gewehrkugel, die Jimmie Mama geschickt hatte. Es war nur die Messinghülse, jetzt leer, angelaufen, schwarz, aber noch immer hing ein Stückchen Lederband daran.

Der letzte Brief, den Jimmie meiner Mutter geschrieben hatte, war nie gelesen worden. Er war in den Flammen verbrannt. Aber der davor war viele Male gelesen worden, und seine Worte brannten nun in den Ruinen von Two Moons. Er war nach einer besonders schlimmen Schlacht geschrieben, in der Jimmie seinen besten Freund verloren hatte.

»Das Reißverschlußgeräusch der Leichensäcke werde ich nie vergessen«, schrieb er. »Ich habe es zu oft gehört.«

Und dann schloß er den Brief nicht, wie er es immer getan hatte, mit der Zahl der verbleibenden Tage, sondern mit der Versicherung, daß nun bald alles vorbei sei, daß er bald wieder in den Staaten wäre, daß er zu dem Mann zurückkehren würde, der er einst gewesen war.

»Ich werde bald daheim sein. In Liebe, Jimmie.«

Inhalt